Louise Cooper

Der Fluch der Meerjungfrauen

Der geheimnisvolle Schatz

*Für Lucy und Tim – sobald sie alt genug sind,
um mit den Delfinen zu schwimmen*

Louise Cooper (1952 - 2009) wurde in England geboren und hat schon als Schulmädchen sehr gern Geschichten geschrieben. Ihr erster Fantasy-Roman »The book of Paradox« erschien 1973, als sie gerade 20 Jahre alt war. Sie hat mehr als 60 Bücher für Kinder und Erwachsene veröffentlicht.

Louise Cooper

Der Fluch der Meerjungfrauen

Der geheimnisvolle Schatz

Aus dem Englischen von Anne Braun

Klopp · Hamburg

In der Reihe *Der Fluch der Meerjungfrauen*
von Louise Cooper sind erschienen:

Der silberne Delfin
Der geheimnisvolle Schatz

FSC
Mix
Produktgruppe aus vorbildlich
bewirtschafteten Wäldern und
Recyclingholz oder - fasern
Zert.-Nr. SGS-COC-003091
www.fsc.org
© 1996 Forest Stewardship Council

© Erika Klopp Verlag GmbH, Hamburg 2010
Alle Rechte für die deutschsprachige Ausgabe vorbehalten
Text © Louise Cooper 2008
Die Originalausgabe erschien unter dem Titel
»Mermaid Curse – The Black Pearl«
First published by Puffin Books,
part of Penguin Books Ltd. UK, 2008
Aus dem Englischen von Anne Braun
Einband von Zdenko Bašić
Druck und Bindung: Bercker Graphischer Betrieb, Kevelaer
Printed in Germany 2010
ISBN 978-3-7817-0338-4

www.erika-klopp.de

Prolog

Licht schimmerte in der Grotte auf dem Meeresgrund und tanzte in allen Farben des Regenbogens über die Wände und die Oberfläche des großen, ruhigen Wasserbeckens, das den Mittelpunkt der Höhle bildete. Ein Felsvorsprung diente als eine Art steinerne Couch, mit Seetang behängt und mit Hunderten von Muscheln geschmückt. Darauf saß Taran, die selbst ernannte Königin der Meerjungfrauen. Sie war wunderschön – aber im Moment war ihr hübsches Gesicht hässlich verzerrt, weil sie grimmig auf das Diadem in ihren Händen starrte. Dann warf sie den Kopf in den Nacken und blickte hochmütig auf ihren Diener hinunter, der zu ihren Füßen lag.

»Und?«, fragte sie. »Was für Neuigkeiten bringst du mir?«

Der Diener, der auf den Namen Tullor hörte, schnarrte: »Euer Majestät, das Gerücht trifft zu – Morvyrs seit Langem verschollene Tochter ist zurückgekehrt!«

»Ah!« Taran ballte die Hände zu Fäusten und beugte sich zu ihm hinunter. »Und wo ist sie?«

»Im Moment ist das Mädchen bei seiner Mutter und seinem Bruder in einer Höhle unweit des Ortes, an dem die menschlichen Fischer leben. Aber das ist noch nicht alles, Euer Majestät. Das Mädchen besitzt die silberne Perle. Ich habe sie mit eigenen Augen gesehen – und auch singen gehört.«

Tarans kühle grüne Augen blitzten auf. »Das übertrifft meine kühnsten Erwartungen! Gut gemacht, Tullor, ich werde dich großzügig belohnen. Vorläufig jedoch musst du das Mädchen im Auge behalten und ihm folgen, wann immer es möglich ist. Aber sorg dafür, dass es niemand bemerkt, am wenigsten diese elenden Schnüffler, die naseweisen Delfine!« Ein unmutiger Ausdruck huschte über ihr Gesicht, das sich gleich darauf jedoch zu einem listigen Grinsen verzog. »Ich musste elf Jahre lang Geduld haben. Da kommt es auf ein paar Tage mehr oder weniger nicht an.« Drohend sah sie ihren Diener an. »Mach ja keinen Fehler, Tullor! Ich will diese Perle, ich *muss* sie haben, koste es, was es wolle!«

Nachdem Tullor sich zurückgezogen hatte, starrte Taran wieder auf das goldene Diadem in ihren Händen. Sieben Perlen schmückten die goldene Krone, die die Meerjungfrau nun mit fahrigen Fingern betastete.

»Nur sieben«, murmelte sie vor sich hin. »Nur sieben. Aber bald werde ich die achte Perle haben. Dann fehlt nur noch die schwarze. Und wenn ich alle neun Perlen besitze, kennt meine Macht keine Grenzen mehr!«

Kapitel eins

Es würde ein perfekter Sommertag werden. Als Lizzy Baxter aufwachte, blinzelte sie in das zum Fenster hereinfallende Sonnenlicht und stellte fest, dass es schon angenehm warm war. Sie warf ihre Decke zurück, sprang aus dem Bett und ging ans Fenster, um über die Dächer der tiefer gelegenen Häuser hinweg auf den Fischereihafen zu schauen.

Jenseits der Dächer und des Hafens sah man das saphirblaue Meer glitzern. Das allmorgendliche geschäftige Treiben im Hafen war in vollem Gange, da etliche Fischkutter einlaufen würden, für die alles vorbereitet werden musste. Lizzy konnte sie schon in der Bucht jenseits des Wahrzeichens ihrer neuen Heimat, des St. Michael's Mount, sehen. In weniger als einer Stunde würden sie im Hafen einlaufen und ihren Fang ausladen.

Lizzy lächelte bei dem Gedanken, wie gut es ihr hier gefiel, vor sich hin. Kaum zu glauben, dass sie und ihre Familie erst seit zwei Wochen in Cornwall lebten. In dieser Zeit war so vieles passiert ... Lizzy hatte so verrückte, unglaubliche Dinge erlebt, dass sie selbst noch nicht recht glauben konnte, dass sie wirklich wahr sein sollten.

Dass sie und ihre ältere Schwester Rose nicht die leiblichen Kinder der Baxters waren, hatte Lizzy schon immer gewusst. Mr und Mrs Baxter hatten Rose als Einjährige adoptiert, einige Jahre später Lizzy. Roses Eltern waren bei einem Verkehrsunfall ums Leben gekommen. Lizzys Herkunft dagegen lag im Dunkeln. Sie war als Säugling nicht weit von hier gefunden worden, und alle Versuche, ihre Familie ausfindig zu machen, waren im Sande verlaufen. Lizzy hatte sich längst an den Gedanken gewöhnt gehabt, dass sie die Wahrheit über ihre Herkunft nie erfahren würde. Doch dann war Dad eine Stellung als Dozent am College in Cornwall angeboten worden, und sie hatten ein Haus gekauft, das zufällig genau in der Gegend lag, in der Lizzy als Säugling gefunden worden war. In dem ganzen Umzugsstress hatte Lizzy natürlich keine Zeit gehabt, an ihre Vergangenheit zu denken. Doch dann hatte sie, gleich in den ersten Tagen, am Strand einen Jungen namens Kes kennengelernt. Und was er ihr erzählte, hatte ihr Leben komplett auf den Kopf gestellt …

Lizzy hörte Schritte auf der Treppe, die dann den Gang entlangkamen. Gleich darauf streckte Mrs Baxter den Kopf zur Tür herein.

»Guten Morgen, mein Schatz«, sagte sie. »Das Frühstück ist fast fertig, und falls du vorher noch duschen willst, solltest du langsam aufstehen.« Sie lächelte. »Wieder so ein herrlicher Tag! Wir haben echt Glück mit dem Wetter, seit wir hier sind. Was hast du vor? Willst du wieder an den Strand gehen?«

»Hmm, ja. Falls du nichts dagegen hast …«

»Natürlich nicht. Du Glückliche – ich muss arbeiten, und Dad geht schon mal zum College, um sich alles zeigen zu lassen. Ich weiß nicht, was Rose vorhat; vermutlich schläft sie wieder bis in die Puppen und trifft sich danach mit Paul.«

Paul Treleavan war Roses neuer Freund. Sein Vater war Fischer und Paul fuhr manchmal mit ihm hinaus. Er war es gewohnt, früh aufzustehen, doch auf Rose hatte das offenbar noch nicht abgefärbt.

Lizzy grinste. »Das denke ich auch. Okay, Mum, in ein paar Minuten bin ich unten.«

Ihre Mutter ging wieder die Treppe hinunter

und Lizzy flitzte ins Bad. Nach einer kurzen Dusche ging sie in ihr Zimmer zurück, aufgeregt und gut gelaunt. Sie war mit Kes verabredet!

Sie schlüpfte in ihren Badeanzug und zog Shorts und ein T-Shirt darüber an. Als sie sich das T-Shirt über den Kopf zog, fiel ihr etwas ein: das Medaillon, das sie an einer silbernen Kette um den Hals trug. Hastig öffnete sie den Verschluss der Kette und legte das Medaillon auf ihren Nachttisch. Es war ein wunderschönes und sehr ausgefallenes Schmuckstück, das aus zwei Perlmuttmuscheln bestand. Sie hatte es um den Hals getragen, als sie damals als Säugling gefunden wurde, und seither nie abgelegt. Außer wenn sie zum Strand und ins Wasser ging. Denn inzwischen wusste sie, was es mit diesem Medaillon auf sich hatte. Im Inneren befand sich, in einem kleinen Geheimfach versteckt, ein winziger Schatz. Und auf diesen Schatz musste sie sehr gut aufpassen ...

Nach einem letzten Blick auf ihr Medaillon schlüpfte Lizzy in ihre Flip-Flops und lief dann zum Frühstücken nach unten.

Die Fischkutter, die Lizzy von ihrem Fenster aus gesehen hatte, steuerten bereits den Hafen an, als einer der Fischer seinen Kameraden etwas zurief und aufs Meer hinaus zeigte. Ein Delfin schwamm in westlicher Richtung an der Küste entlang. Die Fischer schauten ihm nach und lächelten. Ein Delfin war immer ein erfreulicher Anblick. Manchmal kamen diese Tiere ganz dicht an ein Boot heran, weil sie hofften, den einen oder anderen Fisch abzubekommen. Ob auch dieses Tier ihnen bis in den Hafen folgen würde?

Doch der Delfin interessierte sich nicht für Fische. Er hatte ein Ziel, das er so schnell wie möglich erreichen musste. Er hatte die Boote rasch hinter sich gelassen, und als er weiterschwamm, blitzte in der Sonne ein ungewöhnlicher silberner Streifen auf, der sich über den ganzen Rücken zog. Dann tauchte der Delfin plötzlich unter, so elegant, dass sich das Wasser kaum kräuselte, und schwamm tief und immer tiefer, bis fast an den Meeresgrund. Vor ihm lag nun ein Kelpwald aus viele Meter hohen Braunalgen, deren lange braune Wedel sich sachte in der Strömung wiegten. Hier war er richtig ... Der Delfin schob die Wedel mit dem Schnabel beiseite und bahnte sich mit kräftigen Flossenschlägen seinen Weg durch das Dickicht. Am anderen Ende befand sich der Eingang zu einer unterseeischen Höhle. Vor dem Höhleneingang hing ein ständig hin und her schwingender Vorhang aus dünnem Seetang, um den herum farbenprächtige Seeanemonen wuchsen.

Der Delfin schwamm darauf zu und stieß eine Reihe von hohen, schrillen Pfeiftönen aus, die im Wasser merkwürdig widerhallten. Es dauerte nicht lange, bis sich der Vorhang teilte und ein Kopf herausschaute.

»Arhans!« Ein Junge kam aus der Höhle. Er hatte schwarze Haare und strahlend blaue Augen. Und obwohl er wie ein Mensch aussah, konnte er im Wasser genauso gut atmen wie ein normaler Junge an Land. Man sah ihm an, dass er sich über den Besuch des Delfins freute, doch als Arhans einen weiteren Pfiff ausstieß, machte er ein betroffenes Gesicht.

»Mutter? Sie ist nicht da. Sie wollte in den Wald gehen, um Essen zu sammeln. Arhans, worum geht's? Was ist los?«

Die Dringlichkeit in Arhans' schriller Antwort war nicht zu überhören, und der Junge, der die Delfinsprache von klein auf erlernt hatte, erschrak. »Gut, ich bringe dich zu ihr. Ich weiß, wohin sie gehen wollte. Wir werden sie sicher schnell finden. Komm mit!«

Er tauchte in den Wald ein und Arhans folgte

ihm. Der Junge war ein ausgezeichneter Schwimmer, doch der Delfin hatte gesagt, es sei brandeilig. Deshalb konzentrierte der Junge sich ... und sein Körper begann sich zu verändern. Die Beine schienen miteinander zu verschmelzen, glänzende Schuppen bildeten sich, als die Füße zu Flossen wurden. Und auf einmal war er kein Menschenjunge mehr, sondern ein Meerjunge mit einem Fischschwanz. Arhans klickte zustimmend, ehe sie und der Junge beschleunigten und noch schneller durch den Kelpwald flitzten.

Es dauerte nur wenige Minuten, bis sie in der Ferne eine Gestalt erblickten, die sich gemächlich fortbewegte. Beim Näherkommen entpuppte sich die Gestalt als Meerjungfrau. Sie pflückte Seegras und legte es in den geflochtenen Korb, der über ihrer Schulter hing. Sie zog ihre langen goldenen Haare hinter sich her und summte bei der Arbeit zufrieden vor sich hin.

»Mutter!« Der Junge setzte zu einem Endspurt an und kam in einem Schwall von Luftblasen bei ihr an.

»Kes?« Die Meerfrau, die Morvyr hieß, lächelte und bemerkte dann erst den Delfin. »Ah, du hast Arhans mitgebracht? Was macht ihr beide hier?«

»Mutter, es gibt Probleme!«, sagte Kes außer

Atem. »Arhans ist gekommen, um uns zu warnen. Sie sagt, wir seien in Gefahr.«

Morvyrs Lächeln erlosch auf einen Schlag. »Gefahr? Was für eine Gefahr?«

Arhans antwortete mit einer Reihe von Klicklauten und Pfiffen. Morvyrs Augen wurden immer größer, denn was der Delfin sagte, war klar und eindeutig. Taran, die Königin des Meervolks, wollte Morvyr gefangen nehmen.

»Mich *gefangen nehmen*?«, rief Morvyr erschrocken aus. »Aber warum? Was habe ich getan?«

Das wisse sie nicht, antwortete Arhans, aber es sei ganz sicher. Arhans und ihre Freunde hätten es von Verwandten erfahren. Taran hätte bereits ihre Handlanger ausgesandt, um Morvyr gefangen zu nehmen – angeblich hatte es etwas mit einer silbernen Perle zu tun.

»Die Perle in Lizzys Medaillon!«, rief Kes entsetzt aus. »Die Königin muss irgendwie davon erfahren haben. Und das bedeutet, dass sie auch von Lizzy weiß. Oh, Mutter, was können wir tun?«

»Ich denke, ich weiß, was Taran vorhat«, sagte Morvyr mit grimmiger Miene. »Sie will mich als Geisel nehmen, damit Lizzy ihr die silberne Perle gibt.«

»Aber warum?«, fragte Kes. »Was hat es mit dieser Perle auf sich? Mutter, warum erzählst du es mir nicht?«

»Wie oft muss ich es dir noch sagen? Es ist sicherer, wenn du und Lizzy nicht alles wisst, zumindest vorläufig nicht.« Morvyr sah besorgt auf die im Wasser hin und her schwankenden Wedel. »Tarans Schergen können jederzeit auftauchen. Und was immer auch geschieht, die Königin darf diese Perle auf *keinen* Fall in die Finger bekommen! Uns bleibt keine andere Wahl, Kes. Wir müssen uns verstecken!«

»Und wo?«, fragte Kes und sah sie entgeistert an.

»Die Delfine wissen bestimmt ein gutes Versteck für uns.« Arhans schnatterte zustimmend und Morvyr streichelte dem Delfinweibchen über den samtigen Kopf. »Wir sind dir so dankbar, Arhans! Aber wir dürfen keine Zeit verlieren. Wir müssen sofort hier weg.«

»Was ist mit Lizzy? Ich wollte mich doch heute mit ihr treffen. Das habe ich ihr versprochen ...«

»Dann wirst du dein Versprechen nicht halten können. Keiner von uns kann sich mit jemandem treffen, bevor nicht alles vorbei ist.«

»Lizzy wird sich Sorgen machen! Kann ich nicht wenigstens versuchen, sie über die Muschel zu erreichen, die ich ihr geschenkt habe?«

»Nein, Kes. Das wäre zu gefährlich. Bevor wir nicht in einem sicheren Versteck sind, dürfen wir keinen Kontakt mit ihr aufnehmen, denn Tarans Spione könnten uns hören. Wir müssen alles stehen und liegen lassen und uns sofort verstecken!«

Kes wollte sie umstimmen, doch Morvyr ließ sich nicht erweichen. Schließlich gab er auf. Arhans rief ihre Freunde herbei und vier weitere Delfine kamen angeschwommen. Sie kannten ein Versteck, das Tarans Handlanger niemals finden würden, und drängten Morvyr und Kes, keine Zeit zu verlieren. Zwei der Delfine schwammen voraus, um sich zu vergewissern, dass ihnen niemand auflauerte, und Arhans und die zwei anderen schwammen schützend neben Kes und seiner Mutter her, während sie den Kelpwald durchquerten.

Sie waren noch keine fünf Minuten weg, als sich ganz in der Nähe im Braunalgengestrüpp etwas rührte. Fünf von Königin Tarans Dienern schwammen auf den Eingang der Höhle zu, in der Kes und Morvyr wohnten. Tullor, der die kleine Schar anführte, schwamm zielsicher auf den Vorhang am Eingang zu und streckte seinen dicken, hässlichen Kopf ins Innere. Ein kurzer Blick genügte. Die Höhle wirkte unaufgeräumt, und auf dem flachen Felsen, der als Tisch diente, stand ein nur halb leer gegessener Teller. Die Bewohner hatten ihr Heim offenbar überstürzt verlassen.

Mit einem wütenden Zischen machte Tullor kehrt. »Sie sind weg!«, schnarrte er. »Jemand muss sie gewarnt haben. Sie sind geflohen!«

Er überlegte blitzschnell und knurrte dann seine Befehle. Morvyr und Kes mussten gefunden werden, sonst würde die Königin vor Zorn ausrasten und sie müssten es büßen! Seine Begleiter drehten sofort um und wollten mit der Suche beginnen, doch Tullor rief einen von ihnen noch einmal zurück. Es war ein riesiger Tintenfisch, der nun vor ihm im Wasser schwebte. Die langen Tentakel zitterten vor Aufregung und sein Maul klappte auf und zu, als Tullor ihm erklärte: »Wir beide werden uns natürlich auch an der Suche nach der Meerjungfrau und ihrem Sohn beteiligen. Aber zuerst werden wir ihr Heim zerstören, als Warnung für alle anderen. Sie sollen sehen, was passiert, wenn jemand es wagt, sich der Königin zu widersetzen!«

Ein freudiger Schauer durchzuckte den Leib des Tintenfisches in seiner ganzen Länge. Dann schwammen er und Tullor durch den Seetangvorhang ins Innere der Höhle.

Kapitel zwei

Obwohl es noch früh am Tag war, brannte die Sonne schon heiß vom Himmel, als Lizzy in der Nähe des Hafens an den Strand kam. Schon aus der Ferne konnte sie die fröhlichen Geräusche der Urlauber hören. Der Strand war bereits sehr belebt: Die Leute schwammen oder surften im Meer, spielten am Strand oder fischten in den Tümpeln, die sich während der Flut zwischen den Felsen gebildet hatten. Das alles geschah unter den wachsamen Augen der Rettungsschwimmer, deren Jeep in sicherem Abstand zu den Wellen geparkt war.

Lizzy suchte sich ein ruhiges Plätzchen am Strand, nicht weit von der flachen Landzunge mit dem kleinen automatischen Leuchtturm. Sie stellte ihre gestreifte Kordeltasche auf einen Stein, zog sich bis auf den Badeanzug aus und verstaute ihre

Kleidungsstücke und ihre Sandalen in der Tasche. Weil es noch recht früh war, legte sie sich in den Sand. Kes würde sicher nicht so bald kommen. Sie schaute aufs Meer und beobachtete die Badenden und die Surfer im Wasser.

Sie dachte daran zurück, wie Kes und sie sich getroffen hatten. Sie hatte ihr Medaillon im Meer verloren und am nächsten Morgen verzweifelt den ganzen Strand abgesucht, in der Hoffnung, es könnte an Land gespült worden sein. Wie durch ein Wunder hatte Kes es gefunden, sie waren ins Gespräch gekommen ... Und da hatte sie erfahren, dass Kes ihr Zwillingsbruder war. Ihr Vater sei ein Mensch, ihre Mutter eine Meerjungfrau.

Ihr Schock und ihre Ungläubigkeit waren Lizzy noch gut in Erinnerung. Und ihre Verblüffung, als sie entdeckte, dass sie unter Wasser atmen und sprechen konnte. Dann die erste Begegnung mit Morvyr, ihrer Mutter. Die Bekanntschaft mit Arhans und den anderen Delfinen, deren sonderbare Sprache Lizzy allmählich zu verstehen begann. Sie konnte es kaum erwarten, sie alle wiederzusehen, mit Kes unter Wasser zu schwimmen, endlich die Höhle kennenzulernen, in der er mit Morvyr wohnte, und einfach nur *bei* ihnen zu sein.

Lizzy warf einen ungeduldigen Blick auf ihre Uhr

und war überrascht, wie viel Zeit schon vergangen war. Kes müsste längst da sein. Doch selbst als sie sich die Hand über die Augen hielt, um trotz der grellen Sonne etwas sehen zu können, entdeckte sie ihn weder am Strand noch im Wasser. Aber er würde bestimmt jeden Moment kommen. Sie sollte sich langsam fertig machen … Lizzy holte ihren Neoprenanzug aus der Tasche und zwängte sich hinein. Nach einem letzten Zupfen und Ziehen bekam sie den Reißverschluss auf dem Rücken zu und rannte zum Wasser. Am Ufer blieb sie stehen und ließ ihre Füße von den kleinen Wellen umspülen. Der Wind wehte ihr die kurzen blonden Locken ins Gesicht und sie schob sie entschlossen hinter die Ohren. Ihre blauen Augen waren auf das Meer gerichtet. Sie wartete ein paar Minuten, dann noch eine Weile. Noch immer keine Spur von Kes!

Wo steckte er nur? Er sollte längst hier sein. Natürlich gab es in seiner Unterwasserwelt keine Uhren, aber bisher war er immer pünktlich gewesen. War ihm vielleicht etwas zugestoßen?

Lizzy watete ins Wasser, bis es ihr an den Bauch reichte und sie mitten in den Wellen stand. Wollte Kes ihr etwa einen Streich spielen? Vielleicht hatte er sich irgendwo ganz in der Nähe unter Wasser versteckt, um irgendwann plötzlich aufzutauchen und sie zu erschrecken, wenn sie am wenigsten damit rechnete. *Na schön,* dachte Lizzy und grinste. *Dann wollen wir mal sehen!*

Als sich eine hohe Welle vor ihr überschlug, ließ Lizzy sich von ihr hochheben und begann dann, ein Stück hinauszuschwimmen. Sie warf einen kurzen Blick nach hinten, um sich zu vergewissern, dass keiner der Rettungsschwimmer sie beobachtete … und als die nächste Welle heranrollte, warf Lizzy sich hinein und verschwand unter Wasser.

Anfangs konnte sie nicht viel erkennen, denn die anrollenden Wellen wirbelten so viel Sand vom Meeresboden auf, dass das Wasser ganz trüb war. Doch als Lizzy in tieferes, ruhigeres Gewässer kam, ließ sie die umherwirbelnden Sandkörner hinter sich, und das Meer nahm eine klare, durchscheinende blaugrüne Farbe an. Lizzy atmete tief ein und aus und schaute den Luftblasen nach, die aus ihrem Mund strömten und an die Oberfläche blubberten. Ein Schwarm silbriger, phosphoreszierender Fische flitzte an ihr vorbei in die entgegengesetzte Richtung. Dann entdeckte Lizzy ganz in der Nähe mehrere eng beieinanderstehende Seegrasbüschel, die sich in der Strömung wiegten. Hatte sich Kes dort versteckt? Doch als sie nachschaute, entdeckte sie zwischen den Halmen nur eine kleine Krabbe und ein paar hellgelbe Strandschnecken.

Allmählich wurde Lizzy doch etwas unruhig. Falls Kes aus irgendeinem Grund nicht kommen konnte, hätte er sicher Arhans geschickt. Und obwohl Lizzy die Delfinsprache noch kaum beherrschte, hätte sie erraten können, worum es ging. Was war passiert?

Lizzy wusste nicht, was sie nun tun sollte. Es wäre sicher das Vernünftigste, an den Strand zurückzuschwimmen und zu hoffen, dass Kes oder Arhans irgendwann auftauchen würden. Doch der Gedanke, tatenlos herumzusitzen und zu warten, gefiel ihr gar nicht. Sie wollte etwas *tun*.

Während sie überlegte, was sie tun sollte, trieb die Strömung sie weiter ins Meer hinaus. Der sandige Meeresgrund war nun tief unter ihr und um sich herum konnte sie das mächtige Rauschen der Tiefsee hören. Lizzy sah viele Fische, aber keinen, der so groß gewesen wäre, dass es Kes oder ein Delfin hätte sein können. Doch auf einmal sah Lizzy in der Ferne eine große Gestalt.

Erfreut rief sie: »Arhans?«

Die Gestalt wurde langsamer und drehte sich dann in ihre Richtung, stieß aber keinen Antwortpfiff aus, wie Arhans es getan hätte. Lizzy fühlte sich zunehmend unbehaglicher, als die Kreatur sich ihr näherte. Und als Lizzy den Ankömmling endlich gut sehen konnte, weiteten sich ihre Augen vor Schreck.

Es war ein Seeaal – der jedoch sehr viel größer war, als Lizzy sich einen Seeaal vorgestellt hatte! Von der glatten Schnauze bis zur zuckenden Schwanzspitze maß er gut und gern fünf Meter! Das ganze Tier war dunkelgrau, fast schwarz, und die kalten Fischaugen starrten Lizzy wie hypnotisierend an. Lizzy wollte schreien, doch dann ließ sie es bleiben – was würde das bringen, wenn keiner ihrer Freunde in der Nähe war?

Plötzlich riss der Riesenaal das Maul auf, entblößte eine Reihe spitzer Zähne und knurrte: »Hab bitte keine Angst vor mir!«

Das Tier konnte *sprechen*! Lizzy war so verdutzt, dass sie ihre Angst ganz vergaß. Der Aal kam mit schlängelnden Bewegungen auf sie zu und kleine Wellen liefen zuckend über seinen ganzen Körper. »Bitte«, wiederholte er, »ich will dir nichts tun. Aber ich muss mit dir reden. Bist du das Mädchen ... namens Lizzy?«

Lizzy machte zwar den Mund auf, doch im ersten Moment brachte sie kein Wort heraus. Dann erst stammelte sie: »J-ja ...«

»Ich bin froh, dass ich dich gefunden habe! Ich habe nach dir gesucht. Ich bin ein Freund deines Vaters.«

Lizzy riss ihre blauen Augen auf. »Meines *Vaters*? Aber ... mein Vater ist doch verschollen! Man hat seit Jahren nichts mehr von ihm gehört.«

»Das weiß ich. Doch es gibt Neuigkeiten, die mir ein Freund erzählt hat. Erst wollte ich es gar nicht glauben, doch er hat Beweise. Dein Vater lebt!«

Lizzy hatte plötzlich einen dicken Kloß im Hals. Ihr leiblicher Vater, Jack Carrick, war ein einheimischer Fischer gewesen. Lizzy wusste inzwischen, dass sie als Säugling entführt worden war und dass ihr Vater seine Frau Morvyr und seinen Sohn Kes verlassen hatte, um nach ihr zu suchen. Er war nie zurückgekehrt. Und nun behauptete diese Kreatur, von ihm gehört zu haben!

»W-wo ist er?«, stammelte sie fassungslos.

Der Riesenaal ließ den Kopf sinken. »Keine Ahnung. Aber dieser Freund, von dem ich es weiß, behauptet, er hätte ihn mit eigenen Augen gesehen. Ich kann dich zu ihm bringen, wenn du möchtest.«

Trotz ihrer Freude und Aufregung riet eine innere Stimme Lizzy zur Vorsicht. Woher konnte sie wissen, ob diese Kreatur die Wahrheit sagte? In der Unterwasserwelt gab es nicht nur Freunde, sondern auch Feinde …

»Wenn dein Freund von meinem Vater gehört hat«, sagte sie, »warum ist er dann nicht zu meiner Mutter gegangen und hat es ihr erzählt? Warum kommst du zu mir? Warum bist du nicht zu Morvyr gegangen?«

Der Aal gab ein Geräusch von sich, das verdächtig nach einem Seufzen klang. »Die Meermenschen finden mich abstoßend. Sobald ich in ihre Nähe komme, jagen sie mich fort. Du findest mich sicher auch abstoßend. Aber ich habe gedacht … gehofft, dass du über mein hässliches Äußeres hinwegsiehst und mich anhörst. Und was meinen Freund betrifft … nun, er ist noch hässlicher als ich. Deshalb hatten wir beide Angst, uns an Morvyr zu wenden. Aber es ist nicht nur Angst …« Er senkte die Stimme zu einem Flüstern. »… wir schämen uns auch.«

Lizzy bekam Mitleid mit der Kreatur. Der Aal war wirklich hässlich, das stimmte. Doch bei seinem traurigen Geständnis schmolzen ihre Angst und ihr Abscheu dahin. Der arme Kerl konnte nichts für sein Aussehen. Und wenn er und sein Freund wirklich etwas über ihren Vater wussten und es ihr sagen wollten, würde sie sie gern als neue Freunde akzeptieren.

Der Riesenaal hielt den Kopf noch immer gesenkt, als hätte er nicht den Mut, ihr in die Augen zu blicken. Da streckte Lizzy eine Hand aus und tätschelte vorsichtig seinen Kopf.

»Armer Aal«, sagte sie mitfühlend. »Ich verstehe. Danke, dass du so mutig warst, mich anzusprechen.«

Der Aal hob den Kopf. Obwohl er ausdruckslose Fischaugen hatte, glaubte Lizzy darin so etwas wie Hoffnung aufblitzen zu sehen. »Dann ... kommst du mit mir zu meinem Freund?«, fragte er.

»Ja, gern!« Lizzy vergaß Kes und auch all ihre Zweifel. Die Geschichte des Aals hatte sie überzeugt, und die einmalige Chance, endlich etwas über ihren schon so lange verschollenen Vater zu erfahren, wollte sie sich nicht entgehen lassen. »Wann können wir los?«

»Sofort.« Der Aal zuckte voller Eifer. »Ich schwimme voraus und du folgst mir.«

Er schwang seinen langen Leib herum und schwamm davon. Lizzy zögerte, aber nur kurz. Ihr ganzer Körper vibrierte vor Aufregung, als sie Schwung holte und ihm nachschwamm.

Kapitel drei

Obwohl er so riesig war, schwamm der Aal erstaunlich schnell, und im ersten Moment dachte Lizzy, sie könnte bei seinem Tempo nicht mithalten. Doch nach etwa einer Minute blickte er sich nach ihr um und wurde langsamer, damit sie ihn einholen konnte.

»Entschuldige«, sagte er, als sie bei ihm angekommen war. »Ich hatte ganz vergessen, dass du lange Jahre an Land gelebt hast und noch nicht ans Meer gewöhnt bist.«

Lizzy lächelte ihn an. »Ich lerne es schnell.«

»Das stimmt. Dein Vater wird stolz auf dich sein.« Er schwamm weiter, etwas langsamer nun, und Lizzy konnte sich dicht hinter ihm halten. Sie schwammen offenbar aufs offene Meer hinaus, nicht an der Küste entlang, und Lizzy fragte sich, wohin er sie bringen würde und wie weit es noch wäre bis zu ihrem Ziel. Sie wurde allmählich etwas nervös, denn so weit draußen war sie noch nie gewesen. Das Wasser wurde merklich kühler, als sie es gewohnt war, und die Strömung stärker. Die Farben um sie herum wirkten düster und fast etwas bedrohlich, da das Sonnenlicht offenbar nicht so tief herunter drang. Lizzy fragte den Aal, wie weit sie noch schwimmen müssten, doch er schien sie nicht gehört zu haben. Er schwamm unbeirrt weiter, und Lizzy fiel auf, dass er ständig nach links und rechts schaute, als hielte er nach etwas Ausschau.

Lizzy sah und hörte die Verfolger nicht, die immer näher kamen. Sie merkte nur, dass der Aal plötzlich so abrupt herumschnellte, dass das Wasser aufwirbelte, und ein wütendes Zischen ausstieß.

»Was ist los?«, rief Lizzy.

Der Riesenaal achtete nicht auf sie, sondern zischte erneut. Es war ein Furcht einflößendes Geräusch, wild und bedrohlich. Er riss das Maul auf und entblößte seine spitzen Zähne. Da erst hörte Lizzy über sein lautes Zischen hinweg mehrere aufgeregte Pfiffe. Fünf stromlinienförmige Körper tauchten in dem trüben Wasser auf. Delfine! Und die Anführerin hatte einen silbernen Streifen auf dem Rücken. Als sie blitzschnell näher kamen, rief Lizzy erleichtert: »Es ist Arhans! Du brauchst keine Angst zu haben, Aal! Arhans, Arhans, alles in Ordnung! Der Aal ist ein Freund, er weiß etwas über meinen Vater!«

Sie hatte kaum zu Ende gesprochen, als sie unsanft rückwärtsgerissen wurde, weil Arhans an ihr vorbei auf den Aal zustürzte. Dieser holte mit dem Schwanz Schwung und versuchte, sich in Deckung zu bringen, doch er war nicht schnell genug. Arhans rammte ihm seine Schnauze in die Seite, und der Aal taumelte, benommen und sich krümmend, rückwärts.

»Arhans!«, schrie Lizzie. »Hör auf, bitte, hör auf! Er ist ein *Freund*!«

Arhans achtete nicht auf Lizzys Worte. Inzwischen waren auch die anderen Delfine mit lauten, schrillen Pfiffen zum Angriff übergegangen. Der Aal knurrte und fauchte und versuchte, nach ihnen zu schnappen, und eine Zeit lang konnte Lizzy nichts sehen als aufgewühltes Wasser und wild um sich schlagende Flossen und Schwänze. Dann zog sich der Aal unvermittelt aus dem kämpfenden Knäuel zurück. Das scheußliche Gesicht vor Wut und Hass verzerrt, schaute er kurz in Lizzys Richtung, bevor er seinen muskulösen Schwanz schwenkte und blitzschnell davonschoss. Zwei der Delfine verfolgten ihn, während die anderen drei, Arhans voran, zu Lizzy geschwommen kamen. Arhans' aufgeregtes Schnattern schien sich in Lizzys Kopf zu einem Wort zu formen: *Tullor, Tullor …* Lizzy begriff, dass es etwas mit dem Aal zu tun haben musste. War das vielleicht sein Name? Ach, wenn sie die Delfinsprache doch nur etwas besser beherrschen würde!

»Er wollte mir doch nur einen Gefallen tun!«, versuchte Lizzy den Delfinen zu erklären. »Er wollte mich zu jemandem bringen, der weiß, wo mein Vater ist!«

Arhans' Antwortpfiff klang irgendwie verärgert, und Lizzy hatte den Eindruck, dass der Delfin sagte: *Nein, nein, du irrst dich!* Die anderen Delfine tasteten Lizzy besorgt mit ihren Schnauzen ab, als wollten sie sich davon überzeugen, dass sie unverletzt war. Arhans rieb ihren Schnabel zärtlich an Lizzys Wange. Obwohl Lizzy nicht genau verstand, was Arhans ihr mitteilen wollte, begann sie vage zu ahnen, worum es ging. Der Aal war keineswegs ein Freund – er hatte sie angelogen. *Gefahr!*, schien Arhans immer wieder zu sagen. *Große Gefahr!*

»Gefahr für mich?« Lizzy erschrak. »Weshalb sollte der Aal mir etwas tun wollen? Oh, wenn Kes nur hier wäre! Warum ist er nicht zu unserer Verabredung gekommen?«

Alle drei Delfine antworteten mit einem Schwall aufgeregter Laute. Wieder kam das Wort *Gefahr* vor – doch diesmal betraf es nicht Lizzy. Kes und Morvyr waren ebenfalls in Gefahr!

»Was für eine Gefahr?«, rief Lizzy erschrocken. »Wo sind sie?«

Wieder verstand sie nicht genau, was Arhans erklärte, doch sie konnte es sich in etwa zusammenreimen. Morvyr hatte vor etwas Angst und sich deshalb mit Kes zusammen versteckt. Und was immer auch passierte – Lizzy sollte auf *keinen* Fall nach ihnen suchen. Arhans hatte noch nicht zu Ende gesprochen, als sie auch schon begann, Lizzy sachte, aber entschlossen anzustupsen. Die anderen Delfine taten dasselbe, und Lizzy begriff, dass sie sie an den Strand zurückbringen wollten. Sie sagten, im Wasser sei es zu gefährlich für sie. Sie sagten sogar, sie dürfe in nächster Zeit auf keinen Fall mehr in die Unterwasserwelt kommen.

Die Delfine waren zu dritt, außerdem sehr viel stärker als Lizzy und offenbar wild entschlossen, Lizzy notfalls mit Gewalt ans Ufer zu bringen. Obwohl Lizzy am liebsten auf der Stelle nach Morvyr und Kes gesucht hätte, sah sie ein, dass die Delfine recht hatten. Unweit des Leuchtturms, an einer Stelle, die vom Strand aus nicht zu sehen war, tauchten sie aus dem Wasser auf. Lizzy kletterte geschickt an den Felsen hinauf. Oben angekommen, drehte sie sich noch einmal zu den Delfinen im Wasser um.

»Ich werde jeden Morgen an den Strand kommen«, rief sie ihnen zu. »Und wenn es etwas Neues gibt, egal was, kommt bitte und sagt mir Bescheid. Bitte, Arhans! Bitte!«

Arhans schnatterte zustimmend. Dann tauchten die Delfine anmutig unter Wasser und verschwanden.

Als Lizzy nach Hause kam, war niemand da. Mr Baxter war in das College gefahren – an dem er ab Herbst unterrichten würde –, um sich mit den Räumlichkeiten vertraut zu machen. Mrs Baxter, die eine Teilzeitstelle in der Krankenhausverwaltung von Truro bekommen hatte, war bei der Arbeit und Rose vermutlich mit Paul unterwegs.

Lizzy lief nach oben in ihr Zimmer. Auf ihrem Regal lag eine große, spitz zulaufende, spiralförmige Muschel. Kes hatte sie ihr nach ihrem ersten gemeinsamen Ausflug in die Unterwasserwelt geschenkt und gesagt, damit könne sie vom Land aus mit ihm und den Delfinen kommunizieren. »Du musst dir nur die Muschel ans Ohr halten, dann sind wir bei dir«, hatte er gesagt. Gespannt griff Lizzy nun nach der Muschel und presste sie an ihr Ohr. Doch außer dem Zischen und Brausen des Meeres war nichts zu hören – keine entfernten Stimmen wie sonst, kein Gefühl, dass jemand da war. Wo auch immer Kes steckte, er *konnte* entweder nicht mit ihr kommunizieren oder traute sich nicht. Und deshalb wagte Lizzy nicht, ihn zu rufen.

Vorsichtig legte sie die Muschel aufs Regal zurück und ging dann mit schleppenden Schritten und hängenden Schultern wieder nach unten. Das Haus kam ihr auf einmal leer und einsam vor. Sie hätte viel dafür gegeben, mit jemandem reden zu können. Doch dann sagte sie sich: *Auch wenn jemand da wäre, was könnte ich schon sagen?* Nicht einmal Rose kannte ihr Geheimnis. Sie hielt Kes für einen ganz normalen Jungen aus der Gegend. Lizzy konnte mit niemandem reden. Es gab niemanden, dem sie ihr Herz hätte ausschütten können. Sie konnte nichts anderes tun als abwarten!

Kapitel vier

Tullor war erschöpft und wütend – und er hatte große Angst. Die beiden Delfine hatten ihn über eine Stunde lang gejagt, und nun, da er sie endlich abgeschüttelt hatte, war er am Ende seiner Kräfte. Er hatte die Delfine schon immer gehasst, doch dass sie nun seinen schönen Plan, Morvyrs Tochter gefangen zu nehmen, durchkreuzt hatten, würde er ihnen nie verzeihen! Wenn Königin Taran erfuhr, was passiert war, würde sie vor Wut in die Luft gehen!

Trotzdem musste er es ihr so schnell wie möglich sagen, Angst hin oder her. Je länger er wartete, desto mehr würde sie toben. Am besten, er nahm all seinen Mut zusammen und brachte es gleich hinter sich.

Er lugte unter dem Felsvorsprung hervor. Die

Delfine hatten ihn hier nicht mehr sehen können, nachdem er sich darunter versteckt hatte, und waren inzwischen sicher weitergeschwommen. Aber man konnte nicht vorsichtig genug sein. Argwöhnisch spähte er nun in die dämmerige Unterwasserwelt, für den Fall, dass sie doch noch in der Nähe waren. Aber weit und breit war nichts von ihnen zu sehen. Erleichtert schlängelte sich Tullor aus seinem Versteck. Jetzt musste er nur noch herausbekommen, wo er war. Die Verfolgungsjagd hatte ihn meilenweit ins offene Meer hinausgetrieben, und das Tor, durch das er normalerweise in die Grotte von Königin Taran gelangte, war sehr, sehr weit weg von hier. Es gab allerdings noch weitere Tore, und sein Instinkt sagte ihm, dass eines davon ganz in der Nähe war.

Er hatte es bald gefunden: ein großer, einsam gelegener Felsen, der sich aus dem Meeresboden erhob und in der Kuppe eine Vertiefung aufwies. Tullor schwamm darauf zu, kreiste über der Vertiefung und wartete. Es dauerte ungefähr eine Minute, bis eine kühle Stimme aus dem Hohlraum im Inneren kam. *»Wer ist da?«*

Tullor nahm seinen Mut zusammen und rief: »Ich bin's – Tullor.«

»Ah!« Die Stimme klang zufrieden. *»Herein!«*

Das Wasser begann zu blubbern und zu gluckern, und die Vertiefung formte sich plötzlich zu einem Tunnel, aus dessen Tiefe ein gespenstisch grüner Lichtschein heraufdrang. Der Lichtschein fiel auf Tullors Gesicht und seine Angst wurde noch größer. Doch für einen Rückzieher war es zu spät.

Sich windend und schlängelnd, tauchte er in den Tunnel ein. Eine oder zwei Sekunden lang sah er nur das grünliche Licht, das sich dann aber veränderte und plötzlich in allen Farben des Regenbogens erstrahlte. Wenige Sekunden später tauchte er in dem kreisrunden Teich auf, der genau in der Mitte der Grotte lag, in der die Königin der Meerjungfrauen residierte.

Taran lag wie immer auf ihrer Felsencouch, auf einen Ellbogen gestützt. Ihre Augen blitzten vor Aufregung, ein triumphierendes Lächeln umspielte ihre Lippen. Doch als sie sah, dass Tullor allein gekommen war, erlosch ihr Lächeln.

»Wo ist das Mädchen?«, zischte sie.

»Euer Majestät, ich ... ich habe ihr aufgelauert und sie auch angesprochen, genau wie Ihr mir befohlen habt, aber ...«

»Aber was?«, fiel Taran ihm unwirsch ins Wort. »Was ist schiefgelaufen? Warst du etwa so dämlich und hast ihr die Wahrheit gesagt?«

»Aber nein, Euer Majestät!«, widersprach Tullor. »Sie hat mir jedes Wort geglaubt! Ich war mit ihr schon auf dem Weg zu Euch. Aber dann sind diese widerlichen Delfine gekommen und haben mich angegriffen! Sie waren zu fünft! Ich hatte keine Zeit und keine Chance, um Hilfe zu rufen!«

»Willst du damit sagen, dass das Kind entkommen ist?« Tarans Stimme überschlug sich fast. »Du Narr! Du dummer, nichtsnutziger, hirnloser *Narr*!«

»Ich konnte es nicht verhindern!«, rief Tullor verzweifelt. »Drei der Delfine brachten das Mädchen in Sicherheit und die anderen beiden haben mich vertrieben! Ich kann von Glück sagen, dass ich mit dem Leben davongekommen bin!«

Tarans Wutschrei hallte in der ganzen Grotte wider. »Sie hätten dich umbringen sollen!«, schrie sie wie von Sinnen. »Wäre dir recht geschehen!« Sie hob eine Hand hoch über den Kopf, als wollte sie etwas werfen, und Tullor rief entsetzt: »Nein, Euer Majestät, bitte! Ich habe getan, was ich konnte! Ehrlich, ich habe alles versucht!«

Taran war zu wütend, um ihn anzuhören. Mit einer schnellen, zornigen Bewegung fuhr ihre Hand herunter, und der Teich, in dem Tullor schwamm, verwandelte sich in einen brodelnden, blubbernden Whirlpool. Der Riesenaal wurde hilflos hin und her geworfen und von den Wassermassen an den Rand geschleudert. Jaulend und zappelnd beschloss er, zu fliehen und unterzutauchen, so tief wie möglich.

Taran sah ihm nach. Sie machte eine weitere Handbewegung und das Wasser beruhigte sich. Bald war die Oberfläche wieder so still und reglos wie ein Spiegel. Die Königin spähte ins Wasser. Sie wusste, dass Tullor am Grund des Teichs kauerte, und ihr schönes, ebenmäßiges Gesicht verzerrte sich vor Wut.

»Ich weiß, dass du noch da bist!«, zischte sie. »Und du kannst dort unten bleiben, bis ich dir die Erlaubnis gebe, wieder aufzutauchen – falls ich das überhaupt jemals tun werde!«

Es kam keine Antwort, doch Taran wusste, dass der Aal sie gehört hatte. Unvermittelt drehte sie sich um und griff zu der Felsnase hinter ihrer Couch. Dort lag ein goldenes Diadem, mit sieben Perlen verziert. Dieses Diadem war mehr als nur ihre Krone: Ihm verdankte sie ihre *Macht*. Behutsam setzte sie es auf ihr Haupt und spürte die Macht des Diadems durch ihren ganzen Körper strömen. Sie würde Tullor nicht noch länger bestrafen. Dafür war er zu nützlich. Und die eigentlich Schuldigen waren die Delfine. Na gut. Mit denen würde sie später abrechnen und auch mit den anderen elenden Kreaturen, die Morvyr und ihren Kindern zur Flucht verholfen hatten. Sie würde ihnen zeigen, dass es nicht ratsam war, sich ihrer Königin zu widersetzen. Und das auf eine Art und Weise, die sie ihr Leben lang nicht mehr vergessen würden!

Taran breitete beide Arme aus, holte tief Luft und schloss die Augen. *Dunkelheit. Wut. Gefahr ...*

Das Wasser im Teich begann wieder zu brodeln und ein heftiger Windstoß kam aus dem Nichts und pfiff ächzend durch die Höhle am Meeresgrund ...

Rose hatte Paul an diesem Abend mit nach Hause gebracht, und alle saßen gerade beim Essen, als Mr Baxter zum Fenster hinausschaute und sagte: »Puh, der Himmel sieht aber gar nicht gut aus!«

Mrs Baxter und Rose sprangen auf und eilten ans Fenster. »Wow!«, rief Rose. »Dein Vater hatte recht, Paul. Es wird tatsächlich einen Sturm geben!«

»Recht bald schon, würde ich sagen«, kommentierte Mrs Baxter. »Wer hätte das gedacht, nach einem so sonnigen Tag?«

»Ich glaube, mein Dad kann es riechen, wenn

ein Sturm im Anzug ist«, sagte Paul und schmunzelte. »Ich hätte auch nie damit gerechnet und im Wetterbericht war keine Rede davon.«

Rose setzte sich wieder. »Ich bin froh, dass er den Sturm gerochen hat. Wenn ihr wie geplant hinausgefahren wärt ...« Sie schauderte. »Ich darf gar nicht daran denken!«

»Stimmt.« Paul schob sich eine weitere Gabel Lasagne in den Mund. »Allerdings sind viele andere Boote rausgefahren.« Er runzelte die Stirn. »Hoffen wir, dass sie es zurück in den Hafen schaffen, bevor der Sturm so richtig losbricht!«

Lizzy schaute ebenfalls zum Fenster hinaus, blieb aber stumm. Kes hatte ihr noch nie erzählt, was bei einem Sturm in der Unterwasserwelt geschah, und deshalb konnte sie sich die Auswirkungen nur vorstellen. Kein schöner Gedanke! Hoffentlich waren Kes und Morvyr in Sicherheit! Und was war mit den Delfinen?

»Lizzy, du hast ja kaum etwas gegessen«, sagte Mrs Baxter. »Fühlst du dich nicht gut?«

»Was? Oh doch, alles in Ordnung. Ich habe nur keinen Appetit.«

Ihr Vater lächelte sie an. »Keine Angst, Schatz. Ein Sturm bedeutet nicht unbedingt gleich Blitz und Donner. Und selbst wenn – in letzter Zeit hast du viel weniger Angst vor Gewittern als früher, stimmt's?«

Lizzy konnte ihm nicht sagen, dass es nicht die Angst vor Blitz und Donner war, die sie im Moment belastete, und deshalb nickte sie nur.

»Du solltest besser nach Hause gehen, bevor es anfängt zu regnen, Paul«, sagte Mrs Baxter. »Sonst wirst du tropfnass.«

»Ach was, Mum«, sagte Rose. »Paul ist ein Fischer. Wasser macht ihm nichts aus.«

Das Gespräch ging weiter, doch Lizzy hörte nicht zu. Lustlos aß sie ein paar Bissen, merkte aber kaum, was sie sich in den Mund steckte. Sie hätte auch auf Pappe herumkauen können. *Wo sind Kes und Morvyr?*, fragte sie sich. *Sind sie vor dem Sturm in Sicherheit?*

Der Wind heulte inzwischen um die Häuser. Abfälle fegten durch die Straßen, ein Klappern in der Ferne klang verdächtig nach einem umgefallenen Mülleimer. Lizzy hörte aber nicht nur das Pfeifen des Windes, sondern auch das bedrohliche Grollen des Meeres. Erste Regentropfen prasselten ans Fenster und gleich darauf öffnete der Himmel seine Schleusen.

Paul sagte, jetzt müsse er wirklich gehen, weil er seinem Vater sicher helfen sollte zu überprüfen, ob ihr Boot ordnungsgemäß vertäut war. Er bedankte sich für das Essen und wollte sich verabschieden, aber Rose ließ ihn noch nicht gehen. Sie wollte unbedingt mit zum Hafen, doch ihre Mutter war strikt dagegen. Sie sagte, Rose würde den anderen sowieso nur im Weg herumstehen und sie solle bei diesem Wetter schön brav zu Hause bleiben.

Lizzy bekam das alles nur am Rande mit, denn sie starrte besorgt auf den immer heftiger werdenden Sturm. Einen solchen Platzregen hatte sie noch nie erlebt. Die Regentropfen rannen in dicken Bächen an den Fensterscheiben hinunter und fielen platschend auf den Asphalt. Und obwohl es noch früh am Abend war, wurde es draußen zusehends dunkler.

Rose gab sich schließlich geschlagen und ließ Paul schweren Herzens ziehen. Als sie für ihn die Haustür öffnete, fuhr ein Windstoß ins Haus, der dicke Regentropfen mit sich brachte. Draußen zog Paul sich die Jacke über den Kopf und eilte mit großen Schritten hügelabwärts. Rose musste sich gegen die Haustür stemmen, um sie wieder schließen zu können.

»Iiih!«, sagte sie und schüttelte sich, als sie wieder ins Wohnzimmer kam. »Ich glaube, ich will doch nicht mehr zum Hafen gehen.«

»Dein Gesicht und deine Haare sind ohnehin schon triefnass«, sagte ihre Mutter.

»Ich weiß. Dieses Unwetter kam ja rasend schnell. Echt komisch ...«

»Stimmt«, sagte Dad. »Ich meine, man weiß, dass das Wetter hier an der Küste unerwartet umschlagen kann, aber es ist schon seltsam, dass in der Wettervorhersage keine Rede davon war. Und bis vorhin hatten wir noch herrlichstes Wetter. Das Ganze ist mir irgendwie nicht geheuer.«

Auch Lizzy hatte das ungute Gefühl, dass hier etwas nicht stimmte. Der Sturm war zu plötzlich aufgezogen und so heftig, als wäre er von einer unbekannten Macht *heraufbeschworen* worden. Kes hatte gesagt, Taran, die Königin der Meerjungfrauen, sei sehr mächtig. Konnte *sie* dahinterstecken? Konnte sie einen Sturm heraufbeschwören? Und wenn ja, warum tat sie das?

Mum und Dad räumten den Tisch ab, während sich Rose vor den Fernseher setzte und auf die Regionalnachrichten wartete. Lizzy wollte sich so schnell wie möglich in ihr Zimmer zurückziehen. Ihr war übel vor Anspannung und Sorge. Wenn sie bei ihrer Familie blieb, würde einem von ihnen bestimmt auffallen, dass es ihr nicht gut ging ...

»Im Moment kommen keine Nachrichten«, sagte Rose, »aber gleich kommt ein echt guter Film.«

»Klingt gut«, sagte Dad, während er einen Stapel Teller in die Küche trug. »Das Beste, was man bei diesem Wetter tun kann.«

»Ich ... hm, ich glaube, ich gehe lieber nach oben«, murmelte Lizzy. »Ich wollte noch ein paar Sachen am Computer machen.«

Der Computer war immer für eine Ausrede gut. Die anderen würden glauben, sie verbrächte den Abend mit ihren Lieblingsspielen. Das ersparte ihr unbequeme Fragen.

»Wie langweilig«, sagte Rose. »Ich schaue mir lieber den Film an.«

Lizzy sagte nichts. Sie stand auf und blickte sich um. Im Wohnzimmer sah alles so *normal* aus …

»Bis später«, sagte sie.

»Ja, bis später.« Rose lag schon auf dem Sofa und starrte auf den Bildschirm. Lizzy zögerte nur kurz und lief dann die Treppe hinauf.

Kapitel fünf

Der Sturm wurde im Laufe des Abends immer stärker. Es war allerdings kein Gewitter mit Blitz und Donner, sondern »nur« ein sintflutartiger Regen mit orkanartigem Wind. Lizzy versuchte, nicht darauf zu achten, doch das schaffte sie nicht. Selbst als sie sich die Kopfhörer aufsetzte und die Musik aufdrehte, konnte sie das Heulen des Windes nicht ganz ausblenden. Ebenso wenig das Rauschen des Meeres, das inzwischen nicht mehr nur ein fernes Gemurmel war, sondern wie ein Rudel wütender Löwen klang. Das Licht flackerte immer wieder und Lizzy zuckte jedes Mal erschrocken zusammen.

Rose ging früh ins Bett und ihre Eltern folgten bald darauf. Gegen halb zehn war es im Haus schon dunkel. Lizzy kroch unter ihre Decke, schloss die

Augen und versuchte einzuschlafen. Doch es gelang ihr nicht. Sie musste ständig an Kes und Morvyr denken.

Irgendwann musste sie dann aber doch eingeschlafen sein, weil sie sonst nicht durch ein ohrenbetäubendes PENG! wach geworden und mit einem Angstschrei aufgefahren wäre. *Was um alles in der Welt –?*

Ein zweiter Knall ließ sie erneut aufschreien. Hatte es gedonnert? Es musste Donner gewesen sein! Da öffnete sich ihre Tür. Ihre Mutter kam herein und schaltete das Licht an.

»Lizzy, ist alles in Ordnung mit dir?«

Lizzy starrte sie mit blassem, verängstigtem Gesicht an. »Oh, Mum! Hat der Blitz eingeschlagen?«

»Aber nein, Schatz! Die Küstenwacht wurde alarmiert. Was du gehört hast, sind Leuchtraketen – sie werden bei der Rettungsstation abgefeuert und sind vermutlich direkt über unserem Haus explodiert.« Mum trat ans Fenster und schob den Vorhang zur Seite. »In immer mehr Häusern gehen die Lichter an. Herrje, was für eine schreckliche Nacht für einen Rettungseinsatz!«

Lizzy war heilfroh, dass ihr Haus nicht vom Blitz getroffen worden war, doch ihre Erleichterung hielt nicht lange an. Sie machte sich sofort wieder Sorgen, diesmal um die Küstenwacht und den oder die Armen, die im Moment draußen auf See in Not waren.

Sie kletterte aus dem Bett und stellte sich zu ihrer Mutter ans Fenster. Durch die regennasse Fensterscheibe konnten sie einen Blick auf zwei dunkle Gestalten in Öljacken werfen, die an ihrem Haus vorbeirannten. Ihre Straße lag auf halber Höhe des Hügels; in den Häuserreihen unterhalb von ihnen gingen immer mehr Lichter an. Und über die Dächer hinweg konnte Lizzy sehen, dass auch das Gebäude, in dem die Rettungsstation untergebracht war, hell erleuchtet war. Drüben auf der Landzunge schwenkte der Strahl des Leuchtturms langsam vom Meer herüber und wanderte über den Schauplatz. Dadurch wirkte alles sehr unwirklich und albtraumhaft.

Rose kam in Lizzys Zimmer, schob ihre Schwester ein Stück zur Seite und schaute mit ihr aus dem Fenster. »Ist es ein Shout?«, fragte sie besorgt.

»Ein was?«, fragte Lizzy verdutzt.

»Ein *Shout* – so nennt man es, wenn das Rettungsboot ausrücken muss. Weiß ich von Paul. Sein Dad ist auch bei der Küstenwacht. Oh, hoffentlich geht alles gut.«

Ein weiterer Mann hastete unter ihrem Fenster vorbei und die Scheinwerfer eines Autos erhellten für kurze Zeit die Straße am Hafen. »Ich muss Paul anrufen!«, sagte Rose und wollte sich umdrehen.

»Nein, Schatz, lass ihn in Ruhe«, erklärte Mum. »Er hat im Moment sicher genug um die Ohren; da kann er nicht noch mit dir telefonieren.«

»Aber ...« Doch dann sah Rose es ein. »Wenn ihm etwas zustößt ...« Ihre Stimme stockte vor Angst.

»Die Männer werden schon wissen, was zu tun ist«, sagte Mum tröstend. »Ihnen wird nichts passieren. Mach dir keine Sorgen.« Ihr Blick huschte von Rose zu Lizzy und wieder zurück. »Wisst ihr was? Ich glaube nicht, dass wir gleich wieder einschlafen können. Deshalb würde ich vorschlagen, ich mache uns einen schönen heißen Tee. Dann schalten wir das Radio ein und warten auf die Nachrichten.«

Sie ging aus dem Zimmer, Rose und Lizzy blieben am Fenster stehen. Sie schwiegen und Rose legte Lizzy einen Arm um die Schultern. Lizzy kam es so vor, als brauche Rose selbst Trost.

Die Mädchen versuchten, das Rettungsboot am Ende seines schwimmenden Pontons auszumachen. Sie konnten jedoch nichts sehen, und wegen des heulenden Windes und des prasselnden Regens konnten sie auch nicht hören, wie die Motoren angelassen wurden. Doch sie sahen einen matten Lichtschein im Cockpit und das hellere weiße Licht am Heck. Kurz darauf setzten sich die Lichter in Bewegung, und die Mädchen wussten, dass das Rettungsboot auslief.

»Toi, toi, toi.« Rose klang ganz anders als sonst. »Ich wünschte, wir könnten auch irgendwie helfen.«

Lizzy nickte. »Ich auch.« Sie schaute ihre Schwester an. »Glaubst du, Pauls Vater ist mit an Bord?«

»Keine Ahnung. Paul hat gesagt, das hängt vom Kapitän ab – ich meine, vom Bootsführer. Er wählt die Mannschaft unter denen aus, die als Erste eintreffen. Aber irgendwie hoffe ich, dass Mr Treleaven nicht rechtzeitig am Rettungsboot war.«

Aus dem Erdgeschoss drang das Gemurmel eines Radios herauf, und Mr Baxter, in Jeans und Sweatshirt, streckte den Kopf zur Tür herein.

»Alles in Ordnung mit euch Mädchen?«, fragte er.

»Ja, Dad«, antwortete Lizzy. »Das Rettungsboot ist gerade losgefahren. Wir haben es gesehen.«

»Gut, wünschen wir ihnen viel Glück! Kommt ihr auf eine Tasse Tee runter?«

Rose starrte noch zum Fenster hinaus, obwohl die Lichter des Rettungsboots bereits in der Dunkelheit verschwunden waren. »Komm!« Lizzy zupfte sie am Ärmel. »Es gibt nichts mehr zu sehen.«

Rose zögerte noch, nickte dann aber und folgte Lizzy nach unten.

Die Baxters tranken ihren Tee und danach verkroch sich jeder wieder in sein Bett. Lizzy schaffte es sogar, eine Weile zu schlafen, doch sobald es draußen hell wurde, wachte sie auf. Es war erst kurz nach halb fünf. Der Regen hatte aufgehört, der stürmische Wind hatte sich jedoch noch nicht gelegt. Nach dem orkanartigen Sturm kam ihr die Welt erstaunlich ruhig vor. Da hörte sie irgendwo draußen das Brummen eines Dieselmotors.

Rasch sprang sie aus dem Bett, gerade noch rechtzeitig, um einen Krankenwagen durch die Straße am Hafen fahren zu sehen. Er fuhr in Richtung der Rettungsstation! Lizzy rannte schnell in Roses Zimmer. Auch Rose war schon wach, und als Lizzy ihr von dem Krankenwagen erzählte, riss sie erschrocken die Augen auf.

»Schnell, gehen wir in dein Zimmer! Ich will zum Fenster hinausschauen!«

Die beiden Mädchen rannten in Lizzys Zimmer und Rose riss das Fenster auf. Ein Windstoß wehte herein. Rose lehnte sich gefährlich weit hinaus, um die Rettungsstation zu sehen.

»Verflixt, ich kann nicht sehen, wohin der Krankenwagen gefahren ist ... Oh, Lizzy! Das Rettungsboot ist zurück! Ich kann aber nur das orangefarbene Dach und dieses Radardings sehen!«

Lizzy zwängte sich neben sie und sah einen auffälligen Farbklecks inmitten der langweiligen Grautöne dieses Morgens. »Wow!«, sagte sie. »Ein Glück. Ich wette, du bist heilfroh!«

»Das kannst du laut sagen. Aber was ist mit dem Krankenwagen? Es muss einen Verletzten geben. Was, wenn ...?«

»Wahrscheinlich sind es die Leute, die aus Seenot gerettet wurden. Rose, pass auf, sonst fällst du noch aus dem Fenster!«

Sie hörten Schritte im Flur, und ihre Eltern kamen, noch etwas verschlafen, in Lizzys Zimmer.

»Sie sind zurück, sie sind in Sicherheit!«, berichtete Rose ihnen aufgeregt. »Aber vorhin ist ein Krankenwagen vorbeigefahren – Mum, ich muss sofort zur Rettungsstation, um zu erfahren, was passiert ist!« Weil ihre Mutter zögerte, fügte sie noch hinzu: »*Bitte!* Es ist schon hell und der Regen hat aufgehört!«

»Na ja ...«

»Weißt du was?«, sagte ihr Vater. »Gedulde dich noch eine halbe Stunde, damit die Sanitäter ihre Arbeit verrichten können. Dann kannst du gehen. Aber du darfst niemandem im Weg herumstehen, verstanden?«

»Natürlich nicht! Ich ziehe mich gleich an.« Rose rannte aus dem Zimmer. »Nicht so eilig, Rose!«, rief Mr Baxter ihr nach. »Ich sagte, in einer halben Stunde.« Doch sie gab ihm keine Antwort.

Rose hüpfte vor Ungeduld von einem Bein auf das andere, bis die halbe Stunde endlich vorüber war und sie losrennen konnte. Lizzy durfte sie begleiten. Mum und Dad waren anfangs dagegen, doch Rose setzte sich für Lizzy ein, und schließlich gaben ihre Eltern nach.

»Ich bin froh, dass du mitkommst«, sagte Rose unterwegs, als sie mit eingezogenen Köpfen gegen den Wind ankämpften. »Wenn Paul nicht da ist, kenne ich keine Menschenseele dort und stehe nur dumm herum und kann mit niemandem reden. Ich glaube, dann würde ich platzen!«

Eine kleine Menschenmenge hatte sich um die Rettungsstation geschart. Der Krankenwagen war weggefahren, doch die Küstenwacht war da sowie ein Polizeiauto, der Hafenmeister und etliche Fischer. Das Rettungsboot lag wieder an seinem Anlegeplatz und schaukelte auf den Wellen. Außerhalb des Hafenbeckens war das Meer voller weißer Schaumkronen.

Rose sah Paul an der Hauswand lehnen und rannte zu ihm. »Paul! War dein Vater mit draußen? Geht es ihm gut?«

Paul grinste bis über beide Ohren. »Oh ja, es geht ihm gut. Aber einige der Männer wurden ganz schön seekrank.«

»Was ist passiert? Von Lizzys Zimmer aus haben wir einen Krankenwagen gesehen.«

»Der kam wegen der Männer, die gerettet wurden – die Mannschaft eines französischen Fischkutters. Sie verloren ihr Ruder. Ihr Trawler ging unter, aber unsere Truppe konnte alle Mann rechtzeitig retten.«

Rose stieß einen tiefen Seufzer der Erleichterung aus. »Das muss ja ganz schön gefährlich gewesen sein. Wie viele Verletzte gab es?«

»Um auf Nummer sicher zu gehen, wurde die ganze Crew ins Krankenhaus gebracht. Aber stell dir vor: Ein Mann war über Bord gegangen. Sie haben ihn zwar wieder aus dem Wasser gezogen, aber jetzt ist er bewusstlos, und man weiß noch nicht, wie schwer er verletzt ist.« Paul runzelte die Stirn. »Allerdings ist die Sache etwas komisch ...«

Ohne ersichtlichen Grund bekam Lizzy eine Gänsehaut. »Was meinst du mit *komisch*?«, fragte sie.

»Von unseren Leuten spricht niemand gut Französisch, deshalb ist nicht ganz klar, was die Fischer sagten. Aber es sieht ganz so aus, als wüsste niemand etwas Genaues über den Bewusstlosen.«

»Du meinst, er war noch nicht lange an Bord?«, hakte Rose nach.

»Ja, davon gehe ich aus. Aber mein Vater sagte, sie wüssten nicht mal seinen Namen. Und das ist noch nicht alles. Niemand hat gesehen, wie er über Bord ging. Doch als das Rettungsboot eine Leine zum Trawler rüberwarf, tauchten plötzlich ein paar Delfine auf und tollten herum, als wollten sie unbedingt auf sich aufmerksam machen. Sie machten so einen Wirbel, dass der Steuermann die Suchscheinwerfer auf sie richtete. Und da haben sie gesehen, dass die Delfine um diesen Franzosen herumschwammen!«

Lizzy und Rose starrten ihn verblüfft an. Dann flüsterte Lizzy: »Die Delfine haben ihm geholfen?«

»Sieht ganz so aus. Sie haben ihn über Wasser gehalten, bis unser Rettungsboot eintraf.«

»Wow!«, sagte Rose beeindruckt. »Ich habe schon

gehört, dass Delfine solche Sachen tun, aber … Wow!« Sie schaute Lizzy an. »Ist das nicht *irre*?«

Lizzy starrte auf das Rettungsboot. Sie hätte zu gern gefragt, wie viele Delfine es gewesen waren. Ob einer einen silbernen Streifen auf dem Rücken gehabt hatte. Und vor allem, ob sie vielleicht irgendwie gewusst haben könnten, wer der geheimnisvolle Franzose war. Doch wenn sie das fragen würde, müsste sie zu viel erklären. Deshalb sagte sie nur: »Ja, wirklich *irre* …«

Kapitel sechs

An diesem Morgen war die Stadt in heller Aufregung. Der nächtliche Rettungseinsatz war *das* Gesprächsthema. Jeder schien von der aktiven Mithilfe der Delfine gehört zu haben. Es gab auch etliche Gerüchte darüber, wer der gerettete Seemann sein könnte. Lizzy ging an den Strand und hoffte, Arhans würde auftauchen, doch sie war nirgends zu sehen. Die Rettungsschwimmer warnten sie angesichts des gefährlich hohen Wellengangs davor, ins Wasser zu gehen.

Mum hatte an diesem Tag gearbeitet, und als sie am späten Nachmittag vom Krankenhaus zurückkam, wusste sie etwas mehr über die französischen Seeleute.

»Der Mann, der aus dem Wasser gefischt wurde, kommt bald wieder auf die Beine«, berichtete sie.

»Aber er ist wirklich etwas mysteriös. Angeblich gehört er nicht zur Stammbesatzung, und der Kapitän sagte, er kenne gerade mal seinen Namen: Kernewek. Das ist seltsam, weil Kernewek ein altes kornisches Wort ist und lediglich ›aus Cornwall‹ bedeutet.«

»Klingt ganz so, als wolle er seine wahre Identität verbergen«, warf Mr Baxter ein.

Rose grinste. »Vielleicht hat er ein Riesending gedreht und ist jetzt auf der Flucht vor der französischen Polizei.«

»Kann sein, aber so wirkt er nicht auf mich«, meinte ihre Mutter.

»Trotzdem denke ich, unsere Polizei wird ein Wörtchen mit ihm reden wollen«, sagte Mr Baxter. »Ist er wieder bei Bewusstsein?«

»Ja, aber man kann sich noch nicht mit ihm unterhalten. Die Stationsschwester sagte mir vorhin, dass er ständig nur ein und dasselbe Wort sagt. Etwas ganz Merkwürdiges ... was war es noch gleich?« Ihre Mutter runzelte die Stirn und überlegte. »Ach ja – Tegenn oder so ähnlich.«

Mr Baxter schüttelte den Kopf. »Seltsam, dieses Wort habe ich noch nie gehört.«

»Ich auch nicht«, meinte Rose.

Niemand achtete auf Lizzy, die plötzlich das

Gefühl hatte, ihr Magen hätte sich verknotet.
Tegenn ...

Tegenn war der Name, den ihre leiblichen Eltern ihr gegeben hatten, als sie in der Unterwasserwelt geboren wurde.

Auch am nächsten Morgen war Lizzy noch so angespannt, dass sie glaubte, jeden Moment zu zerspringen. Sie wollte unbedingt mehr über den geheimnisvollen Fremden im Krankenhaus erfahren, konnte ihre Mutter aber nicht fragen, ohne Argwohn zu erregen. Außerdem hatte Mum ihnen das wenige, das sie wusste, bereits erzählt. Und leider hatte sie heute frei. Lizzy hätte höchstens selbst ins Krankenhaus gehen können, doch das kam nicht infrage. Sie musste sich gedulden.

Sie verbrachte den Tag am Strand und auf dem Küstenweg und hoffte, die Delfine würden kommen. Sie wollte Arhans unbedingt fragen, was in der Nacht des Sturms passiert war. Außerdem wartete sie fieberhaft auf Neuigkeiten von Kes und Morvyr. Doch die Delfine ließen sich nicht blicken. Und selbst wenn, hätte es nicht viel genützt, wie Lizzy sich betrübt eingestehen musste, da sie die Sprache der Delfine noch kaum verstand und vermutlich ohnehin nichts begriffen hätte. Sie hielt die Anspannung zwar kaum noch aus, doch ihr blieb nichts anderes übrig, als abzuwarten, bis ihre Mutter wieder arbeiten gehen und weitere Neuigkeiten von dem mysteriösen Franzosen nach Hause bringen würde.

Als Lizzy endlich etwas erfuhr, war es nicht durch ihre Mutter. Rose war den ganzen Nachmittag mit Paul unterwegs gewesen und kam erst kurz nach dem Abendessen nach Hause. Lizzy war mit dem Abspülen an der Reihe, ihr Vater trocknete das Geschirr ab. Beide blickten auf, als Rose in die Küche gestürmt kam.

»Na, ihr Küchensklaven!«, rief Rose übermütig.

»Frechdachs!« Ihr Vater tat so, als wollte er mit dem Geschirrtuch nach ihr schlagen. »Wie war dein Nachmittag?«

»Echt gut. Ach, übrigens, etwas ganz Komisches ist passiert. Ihr wisst schon, dieser Typ –«

In diesem Moment kam ihre Mutter aus dem Garten herein. »Welcher Typ?«, fragte sie neugierig. »Worum geht's?«

Ihr Vater grinste. »Das wollten wir gerade herausfinden. Für mich klingt es, als hätte unsere Rose neuerdings zwei Verehrer, nicht nur einen!«

»Quatsch, Dad!«, schnaubte Rose. »Wir waren

noch bei Paul zu Hause und da habe ich etwas echt Cooles erfahren. Der Typ von dem Trawler, der im Moment im Krankenhaus liegt – er ist gar kein Franzose, sondern er stammt von hier. Und Pauls Vater *kennt* ihn!« Lizzy erstarrte, die nasse Bürste in der einen, den tropfenden Teller in der anderen Hand. Ihr schockiertes Gesicht sprach Bände, doch das fiel Rose zum Glück nicht auf.

»Es ging ihm heute Morgen offenbar schon sehr viel besser, und da hat er erzählt, dass er früher hier gelebt hat. Er wurde gefragt, ob er Leute von hier kennt, die das eventuell bestätigen können. Er nannte ein paar Namen und unter anderem Jeff Treleaven. Angeblich sein bester Freund von früher! Also hat das Krankenhaus Pauls Dad angerufen, er ging hin, schaute sich den Mann an und sagte, es sei tatsächlich sein alter Freund! Mal ehrlich: Wie hoch standen die Chancen für *so* etwas?!«

»Nicht sehr hoch, würde ich sagen«, meinte Mum. Und Dad sagte: »Nein, so ein Zufall!«

»Stimmt. Er wurde von einem Rettungsboot seiner alten Heimat aus dem Wasser gezogen«, fügte Rose noch hinzu. »Ich meine, ist das nicht *total* irre?«

Lizzy stand da und hörte mit offenem Mund zu.

Rose wusste noch mehr zu berichten. »Morgen wird er entlassen. Die Polizei und die Küstenwacht wollen noch mit ihm reden, aber das ist reine Routine, weil er ja nichts verbrochen hat oder so. Und weil er niemanden hat, zu dem er gehen könnte, zieht er fürs Erste zu Pauls Familie.«

Dad pfiff durch die Zähne. »Na, das ist ein Ding!«, sagte er. »Aber erzähl, wie heißt dieser alte Freund, der so lange weg war?«

»Jack«, erklärte Rose. »Jack Carrick.«

Ein Klirren ließ sie zusammenzucken. Alle starrten verdattert auf die Scherben des Tellers, die inmitten von Seifenwasser auf dem Boden lagen.

»Lizzy!«, rief Mum.

»E-entschuldige, Mum ...« Lizzys Gesicht war leichenblass geworden. »Er ist mir ... aus der Hand gerutscht.«

»Dann pass in Zukunft etwas besser auf, Schatz. Warte, ich sammle die Scherben ein. Hol du schnell einen trockenen Lappen!«

Weil Roses Bericht so spannend war, schaffte es Lizzy, ihren Schock vor dem Rest ihrer Familie zu verbergen. Doch in Wirklichkeit zitterte sie innerlich wie Espenlaub. Sie wagte es noch kaum zu glauben, doch es schien wahr zu sein: Der aus Seenot gerettete Seemann musste ihr leiblicher Vater sein, der ab morgen bei den Treleavens wohnen würde! Sie musste ihn sehen. Sie musste mit ihm reden. Sie *musste* ganz einfach ...

Mum stellte Rose weitere Fragen über Jack Carrick, doch Lizzy hörte nur mit halbem Ohr zu. In ihrem Kopf überschlugen sich die Gedanken – sie hatte tausend Pläne, Ideen und Hoffnungen. Doch sie schaffte es, zu Ende zu spülen, ohne weitere Schäden anzurichten. Sobald es ihr möglich war, flüchtete sie sich in ihr Zimmer. Sie griff nach ihrer Muschel und presste sie sich ans Ohr. Sie hörte aber nur das vertraute meeresähnliche Rauschen. Mit Kes oder den Delfinen war keine Verbindung zu spüren und nach etwa einer Minute gab Lizzy es auf. Sie legte die Muschel an ihren Platz zurück, ging durch ihr Zimmer und setzte sich auf die Bank unter dem Fenster. In Gedanken versunken, schaute sie über die Dächer. Die Sturmwolken hatten sich verzogen und die Sonne war zurückgekehrt, doch das Meer sah noch immer aufgewühlt und gefährlich aus. In der Bucht jenseits des Hafens waren kabbelige, weiße Wellenkämme zu sehen; falls die Delfine dort waren, konnte man das von hier aus unmöglich erkennen. Sie könnte noch einmal kurz an den Strand gehen, doch was würde es nützen? Sie hatte schon den halben

Tag nach Arhans gesucht, doch der Delfin war wie vom Erdboden verschwunden. Morgen würde sie es noch einmal versuchen, doch bis dahin musste sie einfach Geduld haben.

Aber genau das war die schwierigste Sache der Welt!

Kapitel sieben

Der nächste Tag war schrecklich für Lizzy.

Obwohl sie sich fast die ganze Zeit am Strand oder auf der Landspitze beim Leuchtturm aufhielt, ließen sich die Delfine nicht blicken. Lizzy wollte Kes und Morvyr unbedingt wissen lassen, dass Jack Carrick wieder da war, und Arhans und die anderen Delfine waren ihre einzige Hoffnung. Warum kamen sie nicht? Wo steckten sie? Obwohl Arhans sie ausdrücklich davor gewarnt hatte, ins Wasser zu gehen, war Lizzy versucht, loszuschwimmen und nach ihnen zu suchen. Doch am Ufer wehte eine rote Flagge, und Lizzy erfuhr von den Rettungsschwimmern, dass die rote Flagge ›Badeverbot‹ bedeutete.

»Jetzt nach dem Sturm herrscht noch immer ein hoher Seegang und es gibt tückische Brandungsrückströmungen«, sagte einer der Rettungsschwimmer warnend.

»Brandungsrückströmungen?«, sagte Lizzy.

»Ja, die kann man nicht sehen, aber wenn man in eine gerät, wird man ruck, zuck abgetrieben.« Er zwinkerte ihr kumpelhaft zu. »Also verzichtest du heute mal aufs Schwimmen, okay? Denn falls du ins Wasser gehst, müssen wir dich gnadenlos zurückholen!«

Da die Rettungsschwimmer das Ufer ständig im Auge behielten, konnte sich Lizzy nicht ins Wasser wagen, selbst wenn sie die rote Flagge ignoriert hätte. Sie hätte natürlich zum Leuchtturm gehen und auf der anderen Seite der Landzunge an den steilen Felsen hinunterklettern und dort ins Meer springen können. Doch falls sie in eine dieser tückischen Rückströmungen geriet, würden ihre Schwimmkünste dann ausreichen? Es war zwar eine bittere Enttäuschung, doch dieses Risiko war ihr zu groß.

Gegen Abend hätte Lizzy vor Frustration die Wände hochgehen können und Rose machte es noch schlimmer. Sie war wieder mit Paul unterwegs gewesen, und als sie nach Hause kam, wusste sie zu berichten, dass Jack Carrick inzwischen bei den Treleavens wohnte.

»Morgen Abend werde ich ihn kennenlernen. Paul hat mich zu sich eingeladen. Dann wird der mysteriöse Fremde sicher auch da sein.«

Lizzys Herz schlug plötzlich schneller. »Kann ich mitkommen?«, fragte sie voller Hoffnung.

»Auf gar keinen Fall! Sei nicht albern! Meinst du, er fände es toll, wenn du mitkämst, um ihn anzuglotzen? Für ihn bist du eine völlig Fremde!«

Die Worte *eine völlig Fremde* taten Lizzy weh. Aber woher hätte Rose die Wahrheit kennen sollen? Lizzy durfte ihr nichts sagen.

Morgen, das nahm sie sich ganz fest vor, würde sie so weit hinausschwimmen, bis sie Arhans fand. Davon würde sie sich auch von den Rettungsschwimmern nicht abhalten lassen. Aber leider verkündete ihre Mutter am nächsten Morgen, dass sie mit den beiden Mädchen nach Truro fahren wolle, um ihnen neue Schuluniformen zu kaufen.

Rose stöhnte und Lizzy machte ein langes Gesicht. »Oh, Mum! Es dauert doch noch über einen Monat, bis die Schule anfängt – daran will ich noch gar nicht denken! Ich will lieber an den Strand!«

»Seit wir hierher gezogen sind, bist du fast nur noch am Strand«, sagte Mum mit fester Stimme. »Einen Tag auszusetzen wird dir nichts schaden. Wir fahren nach Truro und basta!«

»Kopf hoch!«, sagte Rose, als sie Lizzys Kummermiene sah. »Wenn wir es heute hinter uns bringen, haben wir für den Rest der Ferien unsere Ruhe.«

Lizzy zuckte nur mit den Schultern. Sie fuhren nach Truro und Lizzy musste Unmengen von Blazern und Röcken und Sportanzügen anprobieren. Selbst das leckere Mittagessen in einem teuren Lokal konnte sie nicht aufheitern. Und nachdem sie sich durch den dichten Verkehr gequält hatten und endlich wieder zu Hause waren, war der Tag fast vorüber. Lizzy fiel keine Ausrede ein, um noch einmal aus dem Haus gehen und nach den Delfinen suchen zu können.

Rose ging an diesem Abend zu Paul und kam erst zurück, als Lizzy schon im Bett lag. Am nächsten Morgen konnte sie jedoch mit Neuigkeiten aufwarten.

»Ich habe diesen Mr Carrick kennengelernt«, erzählte sie ihrer Familie beim Frühstück. »Er ist echt nett – du würdest ihn auch mögen, Dad. Er hat denselben schrägen Sinn für Humor wie du.«

»Du freche Göre!«, schimpfte Mr Baxter und grinste.

»Hat er sich von dem Unfall erholt?«, wollte ihre Mutter wissen.

»Ja, schon. Ich meine, die Polizei hat natürlich

mit ihm gesprochen, das Sozialamt war da, die Lokalzeitung wollte ihn interviewen und solche Sachen, aber er nimmt's recht cool.« Rose griff nach der Müslipackung. »Wisst ihr, was er zu Paul gesagt hat? Dass er am liebsten ganz allein mit einem Boot rausfahren würde, um für eine Weile seine Ruhe zu haben.«

»Oh, er kann segeln?« Ihr Vater war sichtlich interessiert, denn er wollte demnächst einen Segelkurs machen.

»Mhmmm«, sagte Rose. »Pauls Vater hat ein kleines Segelboot abgesehen von seinem Trawler natürlich.« Sie lachte. »Und weil er denkt, dass heute jede Menge Reporter vor dem Haus herumlungern, will er Mr Carrick sein Boot leihen. Damit er ihnen entkommen kann!«

Mum schmunzelte. »Das freut mich für Mr Carrick! Ich denke, von Reportern belästigt zu werden ist so ungefähr das Letzte, was er jetzt braucht!«

»Also, *ich* würde mich nicht vor der Presse verstecken«, sagte Rose. »Ich würde die Sache zu einem Riesendrama aufbauschen, meine Geschichte an eine Sonntagszeitung verkaufen und auf diese Weise massenhaft Geld verdienen. Das wäre doch super! Würdest du das nicht auch tun, Lizzy?« Sie wartete auf eine Reaktion. »Lizzy?«

»Was? Oh, entschuldige, ich war in Gedanken ganz woanders.«

»Ich habe gefragt, ob du an Mr Carricks Stelle nicht auch mit der Presse reden würdest?«

»Ähm ... keine Ahnung. Vielleicht ...« Lizzy zögerte zuerst und versuchte dann, so beiläufig wie möglich zu fragen: »Wo hat Pauls Vater dieses Segelboot denn liegen?«

»Irgendwo im Jachthafen auf der anderen Hafenseite, denke ich.«

»Ah. Und wie heißt es?«

»Es heißt: Wie heißt *sie*«, erklärte Rose wichtigtuerisch. »Boote haben grundsätzlich Frauennamen, weißt du?«

»Na schön. Dann also: Wie heißt *sie*?«

»Weiß nicht. *Silver* oder so, ich weiß nicht mehr. Warum?«

»Ich ... hm, hätte mich nur interessiert.«

Rose warf ihr einen verwunderten Blick zu, ließ das Thema aber fallen. Lizzy jedoch platzte fast vor Aufregung. Wenn sie im Jachthafen wäre, bevor Jack Carrick lossegelte ...

»Ich hab keinen Appetit mehr, Mum«, sagte sie. »Darf ich an den Strand gehen?«

Ihre Mutter blinzelte, überrascht von diesem plötzlichen Themenwechsel. »Meinetwegen«, sagte sie. »Aber erst, wenn du mir beim Tischabräumen geholfen und dein Zimmer aufgeräumt hast. Wer ist heute mit dem Abwasch an der Reihe?«

»Ich.« Rose verzog das Gesicht. »Und du und Dad habt Eier gegessen. Ich hasse es, Eireste abzuspülen. Warum legen wir uns nicht endlich einen Geschirrspüler zu?«

»Weil die Küche zu klein ist«, erklärte ihr Dad. »Außerdem erzählst du uns doch ständig, wie umweltfreundlich du bist. Und was ist an Geschirrspülern bitte schön umweltfreundlich?«

»Alles«, antwortete Rose schnippisch, »wenn ich Eireste von schmutzigen Tellern abwaschen soll!«

Lizzy mischte sich nicht in das nicht ganz ernst gemeinte Streitgespräch ein. So schnell wie möglich tat sie, was Mum ihr aufgetragen hatte, stopfte ihren Neoprenanzug in die Badetasche und eilte zum Hafen. Ein Boot namens *Silver* oder so ... das dürfte nicht allzu schwer zu finden sein. Hoffentlich war sie noch nicht zu spät dran.

Ungefähr dreißig kleine Boote waren im Jachthafen festgemacht, und auf etlichen wurde alles für einen Segeltörn vorbereitet, nachdem sich das Meer wieder beruhigt hatte. Lizzy ging über die schwimmenden Holzpontons und versuchte, sich an das leichte Schwanken zu gewöhnen und sich gleichzeitig jedes Boot anzuschauen. Sie sah *White Gull*, *Red Witch* und *Sun-Gold*, doch in keinem Namen kam *Silver* vor. Weil sie befürchtete, das richtige Boot übersehen zu haben, wollte sie gerade einen zweiten Rundgang machen, als jemand ihren Namen rief. Sie drehte sich um und sah Paul auf sich zukommen.

»Hallo, Lizzy!« Paul hatte eine Taurolle über der Schulter hängen. »Was machst du hier unten?«

»Ich ... ähm ...« Erleichtert kam Lizzy zu dem Schluss, dass Rose ja nicht da war und Paul sicher keine unbequemen Fragen stellen würde. »Ich wollte mir nur das Segelboot deines Vaters anschauen«, sagte sie.

»Ach, du meinst die *Silvie*? Die ist heute früh nicht da. Unser Gast ist mit ihr rausgefahren.«

Verflixt, sie war zu spät gekommen! »Oh«, sagte Lizzy niedergeschlagen. »Ach ja, Rose hat so was erwähnt ...«

»Aha, gib's schon zu!«, sagte Paul und lachte, doch Lizzy spürte, dass er sie nicht auslachte. »In Wirklichkeit wolltest du *ihn* sehen, nicht das Boot, stimmt's? Rose hat mir erzählt, dass du dich für ihn interessierst.«

Lizzy merkte, dass sie errötete. »Na ja …«

»Du und die halbe Stadt! Aber keine Bange – er hat sicher nichts dagegen, dich kennenzulernen. Du brauchst ja nur mal bei uns vorbeizuschauen, dann kannst du ihm Hallo sagen. Aber nicht heute.« Er streckte einen Arm aus. »Dort ist sie, siehst du? Das Boot mit dem dunkelroten Segel, das an der Küste entlangfährt. Er wollte ein paar Stunden allein sein und seine alten Lieblingsplätze besuchen. Früher ist er mit meinem Dad oft zu den Höhlen gefahren, um die Seehunde zu beobachten.«

»Ach so.« Lizzy hatte alle Mühe, sich ihr Zittern nicht anmerken zu lassen. Jack Carrick wollte offenbar zu der Höhle fahren, in der sie neulich zum ersten Mal ihre leibliche Mutter getroffen hatte. Hatte diese Höhle eine besondere Bedeutung für ihn? Suchte er nach Morvyr?

Pauls Stimme riss sie aus ihren Gedanken. »Ich muss weiter. Ich muss Dad bei ein paar kleineren Arbeiten am Trawler helfen. Richtest du Rose bitte aus, dass wir uns später sehen?«

»Mach ich«, versprach Lizzy.

»Gut, dann tschüs.« Paul schulterte die Taurolle nach und stapfte davon. Lizzy stand da und schaute zu dem Boot in der Ferne, das gemächlich über das glänzende Meer glitt. Dann passierte es die Landspitze und verschwand aus ihrem Blickfeld. Lizzys Herz klopfte zum Zerspringen und sie verspürte nur den einen Wunsch: ihrem Vater zu folgen. Würde sie es schaffen? Hatte sie den nötigen Mut?

Sie kannte die Antwort. Mut hin oder her – sie konnte nicht anders.

Kapitel acht

Lizzy brauchte nur eine Minute, um in ihren Neoprenanzug zu schlüpfen. Sie deponierte ihre Strandtasche an der Rettungsstation und rannte dann zu den Pontons zurück. Niemand beobachtete sie, als sie ins Wasser ging und dann untertauchte, ohne dass Wasser aufgespritzt wäre. Wie immer hielt sie während der ersten Sekunden die Luft an, da sie selbst noch kaum glaubte, dass sie unter Wasser atmen konnte. Doch dann kehrte ihre Zuversicht zurück – sie öffnete den Mund und sah den vertrauten Schwall von silbrigen Bläschen an ihrem Gesicht vorbei nach oben blubbern.

Als sie vom Hafenbecken aus in die Bucht weiterschwamm, war sie überrascht über die starke Strömung. Gegen sie anzuschwimmen war sehr viel anstrengender als sonst. Kein Wunder, dass der Rettungsschwimmer sie am Vortag gewarnt hatte. Die durch den Sturm hervorgerufenen Wellen hatten auch den Meeresboden aufgewühlt und deshalb schwamm Lizzy durch eine recht trübe Umgebung. Sie konnte nur das Nötigste sehen, als sie nun zielgerichtet an der Landzunge vorbei in das sehr viel tiefere Wasser auf der anderen Seite schwamm.

Das Wasser ging zurück, und sobald Lizzy die Landzunge hinter sich hatte, wurde das Schwimmen leichter. Die Strömung arbeitete nun nicht mehr gegen, sondern für sie, und Lizzy konnte sich etwas entspannen. Doch die Unterwasserwelt sah heute irgendwie gespenstisch aus. Auch in der Bucht hatte das Wasser nicht seine normale blaugrüne Farbe. Sandkörner wirbelten vom Meeresboden auf, was wie ein sich bewegender Nebelvorhang aussah. Geheimnisvolle Formen ragten vor ihr auf, trügerische Schatten lauerten im Dunkeln. Einmal zuckte Lizzy erschrocken zurück, weil sie glaubte, einen Riesenaal zu sehen, der sich schlängelnd auf sie zubewegte. Doch es war nur ein langer Braunalgenwedel, der im Wasser trieb.

Nach einiger Zeit tauchte sie wieder auf, um sich zu orientieren. Sie war ein gutes Stück vorangekommen. Der St. Michael's Mount sah kleiner aus als vorhin und dahinter konnte man die Sichel des goldenen Sandstrands sehen. Lizzy trat auf der Stelle, drehte sich um und blickte aufs Meer hinaus. Viele kleine Boote waren draußen, doch sie hatten alle weiße Segel. Wo war die *Silvie*? Sie war verschwunden! Ratlos drehte sich Lizzy ein Stück weiter, bis sie die hohen Klippen weiter unten an der Küste in südwestlicher Richtung sehen konnte. Selbst jetzt, im Sonnenschein, wirkten sie düster und bedrohlich, und noch düsterer wirkten die Höhleneingänge, die wie weit aufgerissene, ausgefranste schwarze Mäuler aussahen. In welcher dieser Höhlen hatte Morvyr neulich auf sie gewartet? Lizzy hätte es nicht sagen können.

Auf einmal bekam sie Angst. Sie war mutterseelenallein mitten im Meer, ohne Kes oder die Delfine, und suchte nach einem Boot, das sie eventuell gar nicht finden würde. Was für eine verrückte Idee! Sie sollte schleunigst umkehren, nach Hause gehen und auf eine gefahrlosere Möglichkeit warten, um Jack Carrick kennenzulernen.

Da klatschte ihr eine Welle ins Gesicht und für einen Moment konnte sie nichts mehr sehen. Schnell wischte sich Lizzy das Wasser aus den Augen – und als ihr Blickfeld wieder klar war, sah sie, dass sich vor den dunklen Klippen etwas bewegte. Ein rotes

Segel ... Sie hatte Herzklopfen und ihr Körper begann von Kopf bis Fuß zu kribbeln. Es musste die *Silvie* sein! Das Boot segelte nun sehr langsam an der Küste entlang, und es sah ganz so aus, als halte der Mann an Bord nach etwas Ausschau.

Lizzy fasste neuen Mut. Sie konnte ihn sicher noch einholen, oder? Sie musste es versuchen, sie *musste*! Mit beiden Beinen holte sie Schwung und drehte sich so, dass sie das Boot in der Ferne direkt vor sich hatte. Dann tauchte sie unter Wasser und schwamm zielgerichtet und mit aller Kraft auf das Segelboot zu.

Es dauerte allerdings nicht lange, bis ihre Kräfte nachließen und sie spürte, dass sie dieses Tempo nicht mehr lange durchhalten konnte. Sie tauchte wieder kurz auf, um zu sehen, wie weit sie inzwischen gekommen war. Sie hatte gehofft, der *Silvie* ein gutes Stück näher gekommen zu sein, doch zu ihrer Bestürzung sah sie, dass das Segelboot sie im Gegenteil noch mehr abgehängt hatte. Der Wind hatte aufgefrischt und das rote Segel gebläht, sodass die *Silvie* nun sehr viel flotter vorankam, mit einer Geschwindigkeit, von der Lizzy im Wasser nur träumen konnte.

Vor Anstrengung keuchend und fast unter Tränen, tauchte sie wieder unter Wasser und kämpfte sich weiter. Wenn sie nur schneller schwimmen könnte! Kes konnte sich von einem Menschenjungen in einen Meerjungen verwandeln. Sie hatte schon gesehen, wie er es mit reiner Willenskraft geschafft hatte, seine Beine zu einem schimmernden Fischschwanz zu verschmelzen. Er hatte behauptet, sie könne das auch, aber Lizzy hatte noch keine Erfahrung darin. Durchaus möglich, dass diese Fähigkeit irgendwo in ihrem Hinterkopf verborgen lag, aber sie hatte darauf keinen Zugriff. Trotzdem versuchte sie nun mit aller Kraft, sich zu verwandeln. *Ich bin eine Meerjungfrau*, sagte sie sich voller Verzweiflung, *eine Meerjungfrau!* Doch sie konnte den Schalter in ihrem Kopf nicht umlegen. Nichts geschah.

Da trug ihr das Wasser seltsame Geräusche zu: ein tiefes, rhythmisches Pochen, das von irgendwo weiter draußen im Meer kam. Das Wasser geriet in Bewegung, und Lizzy beeilte sich, wieder nach oben zu kommen. Als ihr Kopf im Sonnenlicht auftauchte, sah sie, was es war. Ein Schiff kam auf sie zu: die Personenfähre auf ihrer täglichen Fahrt von Penzance zu den Scilly-Inseln. Die Fähre war weit genug weg, um keine Gefahr für Lizzy zu sein, doch die Schiffsschraube wühlte das Wasser auf und erzeugte einen mächtigen Sog. Der glänzende weiße Schiffskörper ragte in den Himmel, gekrönt von dem orangefarbenen Schornstein mit der unverkennbaren schwarz-weißen Flagge ... Plötzlich fiel Lizzy auf, dass die Passagiere an Deck alle in eine Richtung schauten und auf etwas zeigten.

Fünf Delfine schwammen hinter dem Schiff her und erfreuten die Passagiere mit ihren übermütigen Luftsprüngen.

»Arhans!«, schrie Lizzy aufgeregt. Sie wusste, dass die Delfine sie wegen der lauten Schiffsmotoren nicht hören konnten, doch ihre Verzweiflung von vorhin war vergessen.

Voller Hoffnung und mit neuer Energie schwamm sie ihren Freunden nach, obwohl sie natürlich nicht hoffen konnte, sie oder die Fähre einzuholen. Aber Delfine hatten ja angeblich telepathische Fähigkeiten. Wenn das stimmte, würden sie spüren, dass Lizzy in der Nähe war.

Arhans! Arhans! Lizzy konzentrierte sich darauf, diesen Namen im Geiste immer und immer wieder zu sagen. *Arhans, ich bin's – Lizzy! Oh, Arhans!*

Da tauchte Arhans so unvermittelt vor ihr in dem aufgewühlten Wasser auf, dass Lizzy vor Schreck zusammenzuckte. Trotz der hämmernden Bootsmotoren konnte sie die Pfiffe hören, als das Delfinweibchen auf sie zuflitzte. Bei Lizzy angekommen, schwamm Arhans in schnellen, engen Kreisen um sie herum und beschimpfte sie mit schrillen Pfeiftönen.

»Es tut mir leid!«, keuchte Lizzy, der fast schwindelig wurde, weil Arhans so schnell um sie herumschwamm. »Ich weiß, dass du gesagt hast, ich soll nicht mehr ins Wasser kommen, aber – autsch! Arhans, das hat wehgetan!«

Der Delfin hatte sie recht hart mit der Schnauze angestoßen und seine Artgenossen machten fleißig mit. Sie alle stupsten und stießen Lizzy und ihre Pfiffe wurden immer schriller. Irgendwann begriff Lizzy, dass sie versuchten, sie an die Küste zurückzudrängen.

»Hört auf, hört auf!«, schrie sie. »Hört mir zu, *bitte*!« Hektisch deutete sie auf die Klippen, obwohl die *Silvie* nicht mehr zu sehen war. »Es geht um meinen Vater – er ist dort drüben mit einem Boot unterwegs. Und ich muss unbedingt zu ihm!«

Irgendwie schaffte sie es, sich trotz der Schimpftiraden der Delfine Gehör zu verschaffen. Und als die Tiere begriffen, was Lizzy sagte, verstummten sie, und Lizzy konnte ihnen endlich alles erklären.

»Er hat sich Mr Treleavens Segelboot ausgeliehen und wollte zu den Höhlen dort hinten fahren«, keuchte Lizzy. »Ich glaube, er sucht nach Morvyr.

Arhans, ich *muss* zu ihm und mit ihm reden! Helft mir, bitte! Ich will jetzt nicht an Land zurück!«

Die Delfine schnatterten und pfiffen, als würden sie sich beraten. Dann kam Arhans wieder dicht zu Lizzy geschwommen und ein anderer Delfin drückte mit seiner Schnauze Lizzys Hände an Arhans' Rücken. Lizzy begriff. Die Delfine würden ihr helfen, Jack Carrick zu finden. Und das ging am schnellsten, wenn sie sie persönlich hinbrachten.

Sofort griff Lizzy mit beiden Händen nach Arhans' Rückenflosse und klammerte sich fest. Arhans stieß einen kurzen Pfiff aus, der offenbar »Gut festhalten!« bedeutete. Dann tauchten die Delfine mit Lizzy unter Wasser und es ging los!

Lizzy war schon einmal auf Arhans' Rücken geritten, damals, als Kes und sie von einem unbekannten Feind verfolgt worden waren und die Delfine sie sicher an Land gebracht hatten. Die heutige Reise war nicht so wild und berauschend wie die erste, aber es war dennoch ein herrliches Gefühl, zusammen mit diesen anmutigen Meeresgeschöpfen durch die Unterwasserwelt zu flitzen. Zwei der Delfine waren vorausgeschwommen; nach einer Weile hörte Lizzy sie pfeifen. Ihre stromlinienförmigen Körper tauchten wieder auf.

Sie waren sichtlich aufgeregt, tauchten mit schrillen Pfeiftönen über Lizzy und ihre Eskorte hinweg und unter ihnen hindurch, drehten dann wieder ab und verschwanden erneut. Arhans, die Lizzy mit sich zog, folgte ihnen – und plötzlich hielt die kleine Gruppe an.

Wasser strömte aus Lizzys Haaren und lief über ihr Gesicht, und sie musste sich zuerst die Augen reiben, bevor sie etwas sehen konnte. Dann aber schnappte sie verblüfft nach Luft. Sie waren direkt vor den Klippen. Und die *Silvie* war keine fünfzig Meter weit weg. Das Großsegel war eingerollt, nur die Fock blähte sich im Wind. Lizzy konnte den Namen am Heck lesen. Und sie konnte den Mann an der Ruderpinne sehen: einen schwarzhaarigen, bärtigen Mann mit sonnengebräuntem Gesicht, in einer Jeans und einem ausgebleichten dicken Fischerpulli.

Jack Carrick hatte ihnen den Rücken zugedreht und Lizzy und die Delfine noch nicht gesehen. Plötzlich wurde Lizzy schrecklich unsicher. Konnte sie einfach zu ihm schwimmen? Was sollte sie sagen? Sie hatte keinerlei Erinnerung an ihn, und als er sie zum letzten Mal gesehen hatte, war sie noch ein Säugling gewesen. Lizzy war so ratlos und durcheinander, dass ihr die Tränen kamen. Sie biss sich auf die Lippen, um sie zu stoppen, doch die Tränen liefen über ihre Wangen und vermischten sich mit dem Meer. Was sollte sie nur tun? In ihrer Not presste sie das Gesicht an Arhans' glatte Flanke. Die Delfine spürten offenbar, was in Lizzy vorging. Sie scharten sich um Arhans und Lizzy – und als Lizzy für einen Moment unachtsam war, glitt Arhans davon, direkt auf das auf dem Wasser schaukelnde Boot zu. Verwirrt versuchte Lizzy dem Delfinweibchen zu folgen, doch die anderen Delfine hinderten sie daran. Sie schwammen um sie herum, als wollten sie sie schützen und trösten, und deshalb konnte Lizzy nur aus der Ferne mit ansehen, wie Arhans neben dem Boot aus dem Wasser sprang. Jack zuckte überrascht zusammen und seine Stimme drang über das Rauschen und Zischen der Flut hinweg bis zu Lizzy.

»Ahh!« Seine Verwunderung verwandelte sich in Überraschung und er streckte einen Arm aus. »Dieser silberne Streifen – du bist's, Arhans, richtig? Du bist's!«

Schnatternd bewegte Arhans den Kopf vor und zurück. Jack erstarrte, fuhr herum und Lizzy sah seine Augen. Sie waren so intensiv blau wie die von ihr und Kes.

»*Was* ...?« Er sprang auf und riss den Mund auf,

als er Lizzy zwischen den anderen vier Delfinen im Wasser sah. Alle Farbe wich aus seinem Gesicht und er stammelte: »*Morvyr?*«

Lizzy starrte ihn ebenfalls mit großen Augen an und hatte das Gefühl, die Welt stünde plötzlich auf dem Kopf. Im ersten Moment war sie wie gelähmt. Dann, fast so, als würde eine zu straff gespannte Saite reißen, erwachte sie aus ihrer Erstarrung.

»N-nein ...« Sie erkannte ihre eigene Stimme kaum wieder. »Ich bin Tegenn. Vater – ich bin's, Tegenn!«

Kapitel neun

»Tegenn, meine Tegenn! Ich kann es noch nicht glauben!« Jack drückte Lizzy immer wieder an sich und stammelte mit erstickter Stimme: »Nach all der langen Zeit habe ich dich endlich wieder!«

Vater und Tochter saßen im Boot. Jack hatte die Fock gerefft und den Anker ausgeworfen, und die *Silvie* schaukelte in der Nähe der Klippen, wo das Wasser etwas ruhiger war, auf den Wellen auf und ab. Die Delfine hatten sich um das Boot geschart, und an ihren begeisterten Kopfbewegungen und den komischen leisen Quieksern konnte man erkennen, wie sehr sie sich über das Wiedersehen von Vater und Tochter freuten.

Erst nach einer Weile ließ Jack Lizzy wieder los und sie lehnten sich beide außer Atem zurück.

»Ich muss dir so viel erzählen!« Lizzy war vor

Aufregung so durcheinander, dass sie fast ins Stottern kam. »Ich wurde ausgesetzt und dann adoptiert und von hier weggebracht, aber jetzt sind wir wieder hierher gezogen und ich habe Kes getroffen und ...« Sie musste zuerst einmal tief Luft holen. »Oje, ich glaube, ich rede nur wirres Zeug, stimmt's? Aber ich weiß gar nicht, wo ich anfangen soll!«

Sie lachte und weinte gleichzeitig und Jack lachte mit. »Ist doch egal«, sagte er. »Jetzt haben wir alle Zeit der Welt. Lass dich noch mal anschauen!« Er fasste sie an den Schultern und strahlte sie an. »Wie hübsch du bist! Du bist deiner Mutter wie aus dem Gesicht geschnitten!«

»Echt?« Lizzy strahlte über das ganze Gesicht. »Sie ist die schönste Frau, die ich je gesehen habe.«

Er schmunzelte. »Das finde ich auch. Wenn du wüsstest, wie sehr ich euch alle vermisst habe! War ich wirklich elf ganze Jahre lang weg?«

Lizzy nickte. »Kes hat gesagt, du bist weggegangen, um nach mir zu suchen ...«

»Das stimmt. Nach deiner Entführung glaubten wir, du wärst nach Übersee gebracht worden.« Jack runzelte die Stirn. »Die Person, die dich gestohlen hatte, lockte uns auf eine falsche Fährte, weil sie dachte, wenn ich aus dem Weg bin ...«

Lizzy fiel ihm ins Wort: »Du meinst Taran?«

»Woher weißt du von ihr?«, fragte er irritiert.

»Kes hat mir erzählt, dass sie böse und grausam ist und sich unrechtmäßig zur Königin ernannt hat. Aber mehr weiß Kes nicht, weil Morvyr – Mutter – nicht darüber reden will.«

»Das ist auch besser so. Aber jetzt bin ich zurück. Da kann sich einiges ändern.« Suchend schaute Jack übers Meer. »Wo sind deine Mutter und dein Bruder? Sind sie in der Nähe? Ich kann es kaum erwarten, sie wiederzusehen!«

In all der Aufregung war Lizzy noch gar nicht dazu gekommen, ihm zu erzählen, dass Morvyr und Kes sich verstecken mussten. In aller Kürze schilderte sie ihrem Vater, wie sie den Riesenaal getroffen hatte, als sie nach Kes suchte. Und wie die Delfine gekommen waren und ihn vertrieben hatten.

»Arhans hat versucht, mir zu erklären, was passiert ist, aber ich kann sie noch nicht gut verstehen. Doch ein Wort kam ständig vor ... Tull-noch-was oder Toll...«

Jack kniff die Augen zusammen. »Tullor?«

»Ja, genau! Das war's: Tullor.«

»Den gibt es also auch noch. Hätte ich mir denken können.«

»Du kennst ihn?«, fragte Lizzy und sah ihren Vater ängstlich an.

»Oh ja. Er ist Tarans ergebenster Diener und so abgrundtief böse, dass man sich nur wünschen kann, man würde ihn *nicht* kennen. Dem Himmel sei Dank, dass Arhans und die anderen dich vor ihm gerettet haben!« Jack legte die Stirn in tiefe Falten. »Hast du sonst noch etwas von dem verstanden, was Arhans dir sagen wollte?«

»Ich weiß nur, dass sie mich gewarnt hat, in nächster Zeit ins Meer zu gehen – und ich glaube, sie hat auch gesagt, dass es einen Grund gibt, warum Morvyr und Kes sich verstecken mussten. Ich weiß aber weder, warum, noch, wohin sie gegangen sind, ich bin mir aber sicher, dass sie in Gefahr sind.«

Noch bevor Jack sich dazu äußern konnte, kam Arhans dicht an die Bootswand geschwommen und stieß einen durchdringenden Pfiff aus. Jack schaute sie stirnrunzelnd an. »Was sagst du da, Arhans?« Der Delfin pfiff erneut mehrmals hintereinander und Jack schüttelte den Kopf. »Es ist ewig her, seit ich das letzte Mal mit ihr gesprochen habe; ich bin mir nicht ganz sicher ... aber ich glaube, sie hat gesagt, Taran habe befohlen, Morvyr und Kes gefangen zu nehmen!«

»*Gefangen zu nehmen?*« Lizzy war entsetzt. »Warum? Was haben sie getan?«

»Ich weiß nicht. Aber da fällt mir etwas ein ...« Er wandte sich an seine Tochter. »Tegenn, als du ein Baby warst, hast du ein Perlmuttmedaillon um den Hals getragen. Weißt du, was daraus geworden ist?«

»Oh, das habe ich noch«, antwortete Lizzy. »Ich hatte es um den Hals, als ich damals gefunden wurde.«

»Und wo ist es jetzt?«

»Zu Hause. Morvyr hat gesagt, ich dürfte es nie wieder mit ins Meer bringen.«

Er nickte. »Gut. Dann könnten wir Glück haben und es ist noch nicht zu spät ...« Er wandte sich wieder an den Delfin. »Arhans, weißt du, wo Morvyr und Kes sind?«

Arhans schnatterte aufgeregt und warf den Kopf zurück.

»Kannst du ihnen eine Nachricht überbringen, ohne dass Taran und ihre Diener es merken?«

Die Delfine schienen sich untereinander zu beraten, dann stieß Arhans einen Pfiff aus, den Lizzy als Zustimmung deutete.

»Wunderbar. Dann schwimm zu ihnen und sag ihnen, dass ich nach Hause gekommen bin und

Tegenn getroffen habe. Frag Morvyr, ob ich sie irgendwo treffen kann, und falls das nicht möglich ist, ob sie mir bitte eine Nachricht schicken kann. Bist du so nett, ihr das auszurichten?«

Arhans pfiff erneut. Jack streckte einen Arm aus und tätschelte ihren Rücken. »Vielen Dank. Und noch eins, Arhans: Sag ihr bitte, dass die neunte bei mir in Sicherheit ist.«

Lizzy konnte mit diesem letzten Satz nichts anfangen, doch Arhans schien ihn zu verstehen. Sie und die anderen Delfine drehten sich im Wasser, holten mit ihren Schwanzflossen Schwung und flitzten davon. Jack und Lizzy sahen ihnen nach, bis sie außer Sicht waren.

Jack stieß einen Seufzer aus. »Jetzt können wir nur noch warten«, sagte er.

»Werden die Delfine sie finden, was meinst du?«

»Ja, bestimmt. Arhans kennt das Versteck. Sie sagte, es sei ein sehr sicherer Ort, an dem Taran und ihre Spießgesellen niemals suchen würden – nicht einmal der schreckliche Tullor!«

Lizzy lief es kalt den Rücken hinunter. »Wenn die Delfine mich nicht vor Tullor gerettet hätten, was hätte er mir dann wohl angetan?«

»Ich vermute, Taran hatte ihm befohlen, dir aufzulauern und dich zu ihr zu bringen.«

»Aber warum? Was um alles in der Welt kann sie von mir wollen?«

»Diese Frage ist leicht zu beantworten. Sie wollte dich als Geisel nehmen.«

Lizzys Augen weiteten sich vor Schreck. »Du meinst, sie wollte mich benutzen, um Morvyr und Kes aus ihrem Versteck zu locken?«

»Genau. Denn sie glaubt, dass einer von euch etwas besitzt, das sie haben möchte. Und vermutlich hat sie recht.«

»W-was ist es?«

»Es ist …« Jack verstummte abrupt. »Nein, es wäre zu gefährlich, hier darüber zu sprechen.« Er warf einen unbehaglichen Blick zu den Klippen. »Man weiß nie, ob man nicht belauscht wird. Tegenn, ich denke, wir sollten langsam zurückfahren. Am besten, du kommst im Boot mit mir. Ich bringe dich an Land, und morgen sehen wir uns wieder –«

»Morgen?«, sagte Lizzy entgeistert. »So lange kann ich nicht warten!«

Er schüttelte den Kopf. »Es geht leider nicht anders, meine Kleine.« Er blinzelte und sein Gesicht wurde traurig. »Wir müssen unser Geheimnis gut hüten, das verstehst du doch. Wir können nicht in der Stadt herumposaunen, dass ich dein leiblicher

Vater bin. Das geht nicht.« Er lächelte. »Und außerdem würde uns sowieso niemand glauben.«

Lizzy begriff, dass er recht hatte. Langsam und widerwillig nickte sie.

»Aber keine Bange«, fuhr Jack fort, »der morgige Tag ist ruck, zuck da. Und dann zeige ich dir etwas. Etwas sehr Wichtiges. Also: Kopf hoch! Soll ich dir auf dem Nachhauseweg zeigen, wie man segelt? Und du erzählst mir währenddessen alles, was ich noch nicht von dir weiß, okay?«

Bis sie schließlich den Jachthafen ansteuerten, wusste Jack Carrick fast alles über Lizzys Leben: wie sie als Säugling gefunden und von den Baxters adoptiert worden war, die mit ihr in einen anderen Teil des Landes gezogen waren. Es kam allerdings zu einem peinlichen Moment, als Lizzy erzählte, warum ihre Familie nach Cornwall gezogen war. »Sie hatten schon immer hier am Meer leben wollen, und da wurde Dad diese Stelle am College angeboten –« Sie verstummte verlegen, als ihr klar wurde, was sie gerade gesagt hatte. »Ich meine, er ... Mr Baxter ... ich hab ihn immer Dad genannt, weißt du ...«

»Klar doch, und das solltest du auch weiterhin

tun«, sagte Jack und lächelte. »Er ist der einzige Vater, den du bisher gekannt hast, Tegenn. Daran wird sich nichts ändern. Darf es auch nicht ...«

Er schaute etwas traurig drein und Lizzy war den Tränen nahe. »Ich heiße übrigens nicht mehr Tegenn«, gestand sie ihm. »Die Baxters gaben mir den Namen Elizabeth ... Lizzy. Meinen richtigen Namen habe ich erst von Kes erfahren.«

»Gut, dann bleiben wir bei Lizzy«, sagte Jack. »Gefällt mir gut und passt zu dir.« Er sah ihr in die Augen und schmunzelte. »Kopf hoch. Wir müssen uns beide an eine Menge neuer Dinge gewöhnen. Aber das schaffen wir schon, meinst du nicht auch? So, und jetzt erzähl mir, wie Kes und du euch getroffen habt!«

Der Außenbordmotor tuckerte leise, als Jack das Boot zu seinem Liegeplatz an den Pontons lenkte.

»Willst du es festmachen?«, sagte er zu Lizzy und schaute ihr dabei zu, wie sie es mit einem dicken Tau am Steg festmachte – mit einem Palstek, wie er den Knoten nannte, den er ihr auf dem Heimweg beigebracht hatte. »Wie ein Profi!«, lobte er sie, als sie fertig war. »Aus dir wird im Handumdrehen eine ausgezeichnete Seglerin!«

Lizzy erwiderte sein Lächeln und freute sich über sein Lob. Am liebsten wäre sie den ganzen Tag mit Jack auf dem Meer geblieben. Es gab noch so viel zu erzählen! Er hatte ihr noch gar nichts von seinem Leben erzählt, und sie genoss es, einfach nur bei ihm zu sein und ihn näher kennenzulernen!

Jack sprang an Land und reichte ihr die Hand. Gerade als Lizzy von Bord hüpfte, rief eine Stimme, die sie nur allzu gut kannte: »Hallo, Mr Carrick! So, so, meine Schwester hat es also geschafft, Ihre Bekanntschaft zu machen!« Sie wandte sich an ihre Schwester. »Lizzy, du raffiniertes Ding!«

»Hallo, Rose – hallo, Paul!«, rief Jack zur Begrüßung. Paul ging einige Schritte hinter Rose her. »Ja, Teg… ähm, Lizzy und ich haben uns vorhin kennengelernt. Inzwischen sind wir fast schon alte Freunde.«

»Wie kam es dazu? Haben Sie sie aus dem Wasser gefischt?« Rose lachte.

»Ja, so ungefähr. Fast wie eine Meerjungfrau.« Er zwinkerte Lizzy zu und sie errötete bis zu den Haarwurzeln.

Zum Glück merkte Rose nichts. »Echt, sie war so was von neugierig auf Sie! Gestern Abend wollte sie sogar mit zu Paul nach Hause kommen. Hoffentlich hat sie Ihnen kein Loch in den Bauch gefragt!« Mit hochgezogenen Augenbrauen starrte sie Lizzy an, die noch mehr errötete und verlegen wegschaute.

»Wir haben euch schon von Weitem gesehen«, sagte Paul. »Deshalb sind wir hier. Rose will unbedingt auch mal segeln. Falls Sie das Boot nicht mehr brauchen, Jack, würde ich gern ein bisschen mit Rose rausfahren.«

Jacks Lächeln wurde noch breiter. Wie cool und schlagfertig er ist, dachte Lizzy. Rose würde bestimmt keinen Verdacht schöpfen. »Das freut mich für dich, Rose«, sagte er. »Dann viel Spaß! Wir sehen uns später, Paul!«

»Okay!« Paul half Rose ins Boot und Jack und Lizzy schlenderten davon.

»Danke«, sagte Lizzy nach einer Weile. »Als ich Rose auf uns zukommen sah, bekam ich einen richtigen Schreck.« Blinzelnd schaute sie zu Jack hinauf. »Ich weiß gar nicht, wie es nachher zu Hause werden soll. Ich darf mir ja nicht anmerken lassen, wie schrecklich aufgeregt ich bin.«

»Ich weiß, Schatz. Aber du schaffst es bestimmt. Du hast doch niemandem von Kes und Morvyr erzählt, oder?«

»Neeein ... Aber mit dir ist es irgendwie anders. Kes und Morvyr leben im Meer, du bist hier an

Land. Und wenn wir zusammen sind und wie vorhin andere Leute dabei sind, ist es echt schwer, so zu tun, als wären wir uns fast fremd!«

Er nickte. »Stimmt, es fällt mir auch nicht leicht. Aber es muss unser Geheimnis bleiben, Lizzy. Das verstehst du doch?«

Sie nickte und blinzelte. »Klar, ich könnte Mum und Dad ... ich meine, ihnen ... den Baxters ...«

»*Mum* und *Dad* ist absolut in Ordnung, das habe ich ja schon gesagt. Nein, natürlich kannst du es ihnen nicht erzählen. Es wäre einfach nicht fair, weißt du. Also, hör zu: Wir haben uns noch so viel zu erzählen. Es gibt Dinge, die du noch nicht weißt und die ich dir sagen muss. Aber das hat Zeit bis morgen.« Er machte eine kurze Pause. »Hast du einen Lieblingsplatz?«

Lizzy überlegte. »Ich bin gern auf der Landspitze mit dem Leuchtturm.«

»Eine gute Idee. Dort ist es ruhig und wir sind an Land. Das ist wichtig – warum, erzähle ich dir morgen. Wie wär's, wenn wir ein Picknick machen?«

»Super!«, sagte Lizzy begeistert. »Das wäre toll.«

»Gut. Sagen wir, gegen halb eins. Ich bringe etwas zu essen mit. Und du bringst dein Medaillon mit, okay?« Sie schaute ihn fragend an, doch er legte sich einen Finger an die Lippen. »Nicht jetzt. Ich sollte mich allmählich wieder bei den Treleavens blicken lassen. Dann bis morgen! Hoffen wir, dass Arhans uns dann eine Nachricht bringt.«

Er berührte sie zärtlich am Arm und eilte dann mit großen Schritten davon. Lizzy sah ihn an der Rettungsstation vorbeigehen. Dann blieb er kurz stehen, drehte sich um und winkte ihr zu. Sie winkte zurück. Und sie schaute ihm weiter nach, bis er außer Sichtweite war.

Kapitel zehn

Kes begann sich zu fragen, wie lange er diese Untätigkeit und Anspannung noch aushalten würde. Er und Morvyr waren zwar erst seit wenigen Tagen in ihrem Versteck, doch es kam ihm wie eine Ewigkeit vor. Und Morvyr hatte gesagt, sie müssten so lange hier ausharren, bis keine Gefahr mehr bestünde.

»Und woher werden wir das wissen?«, hatte er frustriert gefragt. »Wenn wir Pech haben, sitzen wir den ganzen Sommer über hier fest.«

»Die Delfine werden uns auf dem Laufenden halten«, versuchte seine Mutter ihn zu trösten. »Irgendwann wird Königin Taran aufgeben und sich einen anderen Zeitvertreib suchen. Und sobald sie die Suche einstellt, wird Arhans uns Bescheid geben.«

Dem konnte Kes nichts entgegensetzen. Doch die unterseeische Höhle, in der sie sich versteckten, kam ihm wie ein Gefängnis vor. Zum einen lag sie meilenweit weg von ihrem Zuhause, fast vor Land's End. Und sehr viel kleiner war sie auch: Es gab nur einen einzigen Raum, keine Möbelstücke und auch nichts von dem Zierrat, der ihr Heim so gemütlich machte. Die Höhle lag tief im Inneren der Klippen und war sehr düster. Nur durch eine Felsspalte, durch die man gerade mal einen winzigen Ausschnitt des Himmels hoch über ihnen sehen konnte, fiel ein spärlicher Lichtstrahl herein. Doch das Schlimmste für Kes war, dass man sich so schrecklich von der Welt abgeschnitten fühlte. Man konnte nicht einfach nur durch einen Seegrasvorhang schwimmen, sondern musste sich durch einen langen, engen und stockdunklen Tunnel zwängen, um in die Außenwelt zu gelangen. Aber das kam ohnehin nicht infrage! Weder er noch seine Mutter durften die Höhle verlassen, das hatte ihnen Arhans mehrmals eingeschärft. Es sei sogar riskant für die Delfine, sie zu besuchen, und deshalb kämen sie nur in einem Notfall vorbei. Stattdessen schickten sie andere Meerestiere, die so klein waren, dass Tarans Spione sich nicht für sie interessierten, und die ihnen Essen und Neuigkeiten brachten. Aber natürlich waren diese Krabben, Hummer und Fische keine sehr unterhaltsamen Besucher. Kes langweilte sich schrecklich. Und er musste ständig an Lizzy denken und machte sich Sorgen um sie.

Als er nun Arhans' Pfiffe hörte, die in dem engen Tunneleingang seltsam dumpf nachhallten, machte sein Herz einen Sprung.

»Mutter –« Er griff nach Morvyrs Arm.

»Ich hab's gehört! Es muss etwas ungeheuer Wichtiges sein, etwas, das Arhans keinem der anderen Meerestiere anvertrauen kann ...«

Wenig später tauchte Arhans aus dem Tunnel auf, der gerade breit genug war, damit sie sich hindurchzwängen konnte. Sie stieß weitere, dringliche Pfiffe aus – und Kes und Morvyr fielen fast die Augen aus dem Kopf, als sie hörten, was Arhans ihnen erzählte.

»Er ist zurück ...?« Morvyrs Stimme war nur ein Flüstern und alle Farbe war aus ihrem Gesicht gewichen. »Mein Jack ... ist er wirklich wieder da?«

Kes hatte seine Mutter kaum je weinen sehen. Nun aber glitzerten ihre Tränen in allen Farben des Regenbogens, ehe sie sich mit dem Wasser in der unterseeischen Höhle vermischten. Arhans stupste und beschnüffelte sie besorgt, bis Morvyrs Schluchzer schließlich in ein Lachen übergingen, das hin und wieder von einem Schluckauf unterbrochen wurde.

»Schon gut, Arhans. Ich weine doch nur, weil ich *glücklich* bin! Erzähl mir bitte alles – alles, was du weißt!«

Mit wachsender Aufregung hörten sie und Kes sich die ganze Geschichte an, bis hin zur Begegnung von Lizzy und Jack draußen auf dem Meer. Zum Schluss sagte Arhans noch, was Jack ihr aufgetragen hatte.

Da sagte Morvyr, die sich inzwischen wieder beruhigt hatte: »Wenn wir doch nur zu ihm gehen könnten!« Auf Arhans' lautstarken Widerspruch hin fügte sie beschwichtigend hinzu: »Ich weiß, ich weiß: Wir dürfen diese Höhle erst verlassen, wenn Taran nicht mehr nach uns sucht. Aber sag mal, Arhans, könntest du Jack nicht mit seinem Boot hierher führen? Ich würde ihn schrecklich gern sehen!«

Arhans wehrte erschrocken ab. Sobald Taran von Jacks Rückkehr erfuhr, würde sie ihre Spione auf ihn ansetzen und hoffen, er würde sie zu Morvyr führen. Es sei viel zu gefährlich, meinte Arhans. Sie müssten Geduld haben. Jack ließ ihr übrigens noch etwas ausrichten, fuhr Arhans in ihrer Pfeifsprache fort: Die neunte sei bei ihm in Sicherheit.

Morvyr schnappte erschrocken nach Luft. »Die neunte ...? Ah!«

»Mutter?« Kes starrte sie an. »Was heißt das?«

Morvyr wich seinem neugierigen Blick aus. »Arhans«, sagte sie stattdessen, »schwimm zu Jack zurück und sag ihm, ich hätte verstanden. Und sag ihm auch ...« Sie zögerte. »Nein, das kann warten. Sag ihm nur, dass Kes und ich hier sind und warten.«

Arhans brauchte bald wieder Luft. Deshalb versprach sie ihnen in aller Eile, in einigen Tagen wieder vorbeizukommen. Dann drehte sie sich um, schlängelte sich durch den schmalen Tunnel und verschwand in der Dunkelheit. Nachdem sie fort war, herrschte zuerst Schweigen. Doch das konnte Kes nicht lange ertragen. »Mutter, ich verstehe das nicht!«, platzte er heraus. »Die neunte ... *was*? Was hat Vater gemeint?«

Morvyr drehte sich zu ihm und legte ihm die Hände auf die Schultern. »Bitte, Kes«, sagte sie, »frag nicht. Ich kann es dir nicht sagen. Erst wenn wir bei deinem Vater sind. Glaub mir!«

An ihrem Ton merkte Kes, dass sie sich nicht umstimmen lassen würde. Deshalb verkniff er sich weitere Fragen. Doch was Arhans ihnen erzählt hatte, war so unglaublich, dass er völlig durcheinander war. Am liebsten wäre er hier und jetzt losgeschwommen, durch den engen Tunnel ins offene Meer hinaus. Er wäre geschwommen und geschwommen, bis zu der Hafenstadt, und hätte dort nach seinem Vater gesucht. Kes wusste natürlich, wie falsch, gefährlich und leichtsinnig es gewesen wäre, doch dieser Wunsch war so übermächtig, dass er ihm fast körperlich wehtat.

Um sich abzulenken, half er Morvyr beim Zubereiten der Mahlzeit. Doch als das Essen fertig war, stellte er fest, dass er kaum einen Bissen hinunterbekam. Ein Schwarm kleiner Fische war in die Höhle gekommen und flitzte an den Wänden entlang, doch er konnte sich nicht dazu aufraffen, wie üblich so zu tun, als wollte er sie fangen – was ihr Lieblingsspiel war. Er versuchte, sich mit seiner Mutter zu unterhalten, merkte aber bald, dass sie ihm kaum zuhörte. Sie war offenbar genauso durcheinander und nervös wie er. Weil Kes nicht wusste, wie er sich die Zeit vertreiben sollte, legte er sich schließlich auf den mit Seetang bedeckten Felsvorsprung, der ihm als Bett diente, schloss die Augen und schlief ein.

Als er wieder erwachte, war das matte Tageslicht in der Höhle einem noch trüberen Silbergrau gewichen. Es musste bereits Nacht sein, dachte er sich, denn das Silbergrau kam sicher vom Mondlicht. Er blinzelte in die Dunkelheit und sah seine Mutter auf dem anderen Felsvorsprung liegen. Kleine Bläschen kamen aus ihrem Mund und stiegen langsam nach oben. Leise und vorsichtig ließ sich Kes zu ihr treiben. Weil sie so regelmäßig atmete, dachte er, sie würde schlafen. Doch dann setzte sie sich auf.

»Kes.« Sie klang sehr angespannt. »Ich kann nicht schlafen.«

»Ich auch nicht.« Er griff nach ihrer ausgestreckten Hand. »Zu wissen, dass Vater wieder da ist und wir ihn nicht sehen können ... Mutter, wie lange müssen wir noch warten? Ich *will* nicht warten. Ich will ihn endlich wiedersehen!«

Morvyr sagte nichts darauf, doch sie erhob sich behutsam von ihrem Felsvorsprung und schwamm langsam durch die Höhle. Nach einer Weile sagte sie: »Weißt du was? ... Es ist Nacht. Selbst Königin Tarans Diener müssen mal schlafen. Außerdem würde uns die Dunkelheit schützen ...« Sie verstummte, und Kes merkte, dass sich sein Puls beschleunigt hatte.

»Du meinst – *jetzt* losschwimmen? Zu Vater schwimmen?« Er verstummte ebenfalls, weil seine Kehle vor Aufregung wie zugeschnürt war.

»Bei Tagesanbruch wären wir bestimmt längst im Hafen«, sagte Morvyr mit brüchiger Stimme. »Dann könntest du an Land gehen und Lizzy bitten, ihm zu sagen ...«

»Ja, Mutter, ja! Oh, bitte, tun wir es!« Er warf einen kurzen Blick auf den Tunnel, durch den man die Höhle verlassen konnte. Er hörte das Meer rauschen, doch es klang ruhiger und leiser als in den letzten Tagen. »Wir finden den Weg auch im Dunkeln, nicht wahr? Und du hast recht, jetzt in der Nacht würde uns niemand sehen.«

»Ich weiß nicht ... Wenn etwas schiefgeht ...« Morvyr begann im Kreis zu schwimmen. Ihr Schwanz zuckte aufgeregt, und Kes wusste, dass sie hin und her gerissen war. Verzweifelt versuchte er, sie zu überreden.

»Es wird nicht schiefgehen!«, sagte er. »Und sobald wir in Küstennähe sind, sind wir in Sicherheit, denn die großen Tiere, die uns gefährlich werden könnten, trauen sich nicht ins flache Wasser. Es ist unsere Chance, Mutter, vielleicht die einzige. Wir *müssen* es tun!«

Morvyr schwamm noch eine Weile im Kreis. Dann wurde sie langsamer, hielt an und schaute Kes an. Ihre sturmgrauen Augen glänzten und ein entschlossener Ausdruck lag auf ihrem Gesicht.

»Gut«, sagte sie. »Wagen wir es! Gemeinsam!«

Schweigend schwammen sie zum Ausgang. Am Tunneleingang drehte sich Kes noch einmal um, doch die große braune Krabbe, die die Höhle mit ihnen teilte, war in ihrer Lieblingsspalte verschwunden und sah sie nicht fortgehen. Sein Herz schlug vor Aufregung und Angst viel schneller als sonst, doch Kes schob alle Bedenken resolut beiseite. Sie schwammen zu seinem Vater. Nur das zählte!

Morvyr griff kurz nach seiner Hand und drückte sie. Dann streckten sie wie Taucher beide Arme nach vorn und glitten in den Tunnel.

Obwohl das schimmernde Mondlicht gefiltert bis auf den Meeresgrund fiel, konnte Kes nur einen oder zwei Meter weit sehen. Selbst Morvyr war nur eine undeutliche Gestalt vor ihm. Hin und wieder drehte sie den Kopf, um sich zu vergewissern, ob ihr Sohn noch dicht hinter ihr war, und er konnte schemenhaft das bleiche Oval ihres Gesichts sehen.

Es war keine einfache Sache. Immer wieder tauchte unerwartet ein Felsen vor ihnen auf, und einmal wich Kes zu spät aus und schürfte sich an der mit Rankenfußkrebsen bewachsenen Oberfläche den Arm auf, was ziemlich schmerzhaft war. Daraufhin gab Morvyr ihm zu verstehen, lieber etwas langsamer zu schwimmen. Das war zwar frustrierend, aber immer noch besser, als eine weitere Verletzung zu riskieren.

Seit sie ihr Versteck verlassen hatten, hatten sie sich nur noch per Handzeichen verständigt, um sich so lautlos wie möglich durch das Wasser zu bewegen. Abgesehen von ein paar Fischen, die neugierig näher geschwommen kamen, um sie anzuglotzen, waren keine weiteren und vor allem keine größeren Meerestiere zu sehen. Das bedeutete natürlich nicht, dass keine da gewesen wären. Doch wenn er sie nicht sehen konnte, überlegte sich Kes, konnten sie *ihn* vermutlich auch nicht sehen. Das war beruhigend. Er wollte auch keinem der Delfine begegnen. Denn die würden sie eilends in ihr Versteck zurücktreiben, und Kes war wild entschlossen, das Ziel zu erreichen. Im Großen und Ganzen kamen sie ganz gut voran. Es konnte nicht mehr sehr weit sein.

Als ihn zum ersten Mal das Gefühl beschlich, dass ihnen jemand folgte, versuchte er, es zu ignorieren. In der ungewohnten nächtlichen Unterwasserwelt konnte man sich leicht alles Mögliche einbilden. Lass dich nicht davon beeinflussen, sagte er sich. Nur nicht die Nerven verlieren! Unbeirrt schwamm er hinter Morvyr her und warf hin und wieder einen Blick über die Schulter, nur für den Fall der Fälle ... Doch es war nichts zu sehen.

Dann aber geschah es: Als sie an einem wuchtigen, hohen Felsen vorbeikamen, dessen ausgezackte Spitze bis an die Wasseroberfläche reichte, schnellte plötzlich ein dunkler Schatten aus der Finsternis hervor und stürzte sich auf ihn.

Vor Schreck und Angst stieß Kes einen Schrei aus – und das war das Schlimmste, was er tun konnte. Denn mit dem Schrei kam ein Schwall Blasen aus seinem Mund und stieg vor seinem Gesicht nach oben. Eine entscheidende Sekunde lang konnte er nichts sehen. Und die Blasen waren noch nicht verschwunden, als sich ein langer Fangarm um seinen Bauch wickelte.

»Nein!« Hektisch schlug Kes mit dem Schwanz um sich, doch der Angreifer ließ nicht los. Während sich Kes noch verzweifelt wehrte, kam ein zweiter Fangarm aus der Dunkelheit und schlang sich um seinen linken Arm.

Da ertönte nur wenige Meter vor ihm ein weiterer Schrei und Kes schrie entsetzt: »*Mutter!*« Er sah zwei Gestalten im Wasser, die sich krümmten und wanden – eine von ihnen konnte Morvyr sein, doch das erkannte Kes nicht genau. Er zappelte und wehrte sich – und stieß einen spitzen Schrei aus, als er sich einer riesigen, abscheulichen Kreatur gegenübersah, die in kräftigen, sich ständig verändernden Farben pulsierte. Kalte, hervorstehende Augen glotzten ihn an. Kes sah, dass sein Angreifer ein Tintenfisch war. Ein derart großes Exemplar hatte er allerdings sein Lebtag noch nicht gesehen. Der Tintenfisch war mindestens so groß wie er und sehr viel stärker. Die acht Fangarme, die aus dem scheußlichen Kopf wuchsen, kamen nun alle zuckend und schlängelnd auf Kes zu: Vier pressten ihm die Arme an den Körper, die anderen umschlangen seinen Schwanz. Kes konnte die kräftigen Saugnäpfe an den Enden der Fangarme des Ungeheuers spüren und merkte mit Schrecken, wie hilflos er war.

»*Mutter!*«, rief er erneut. Wo war sie? Er konnte sie nicht mehr sehen. Wurde sie ebenfalls festgehalten?

Da kam eine Stimme aus der Dunkelheit. »Gute Arbeit, meine Freunde!«

Helle blaue und grüne Linien pulsierten durch den Körper des Tintenfisches, der Kes festhielt, als würde er sich über dieses Lob freuen. Kes verrenkte sich fast den Hals, um nach hinten zu schauen, wo er eine noch größere und dunklere Gestalt sah, die gerade hinter einem Felsen hervorkam.

Tullor riss sein Maul auf und zeigte seine spitzen Zähne. »So, so, Kes! Du und deine Mutter habt euch also endlich aus eurem Versteck getraut. Dafür gibt es sicher einen wichtigen Grund, oder?«

Kes versuchte, sich seine Angst nicht anmerken zu lassen. »Wo ist meine Mutter?«, fragte er sehr viel mutiger, als er sich fühlte. »Was habt ihr mit ihr gemacht?«

»Nichts, wovon sie sich nicht bald wieder erholen würde«, antwortete Tullor hämisch und schwamm langsam um Kes herum, wie ein Jäger, der seine Beute begutachtet. »Tja, haben wir euch endlich! Wie erfreulich! Die Königin wird entzückt sein.«

»Pah, vor der Königin fürchte ich mich nicht!«, sagte Kes trotzig.

Der Tintenfisch verfärbte sich purpurrot und pulsierte hektischer denn je. Tullor stieß ein Knurren aus, das wie eine Warnung klang.

»Nein!«, fauchte er den Tintenfisch an. »Denk an die Anweisungen. Er muss unverletzt bleiben!« Er schwamm weiter in langsamen Kreisen um Kes herum und starrte ihn dabei drohend an, bis Kes es nicht mehr aushielt und seinen Blick senkte.

»Hmmm ...« Es klang wie eine Mischung aus Zischen und Knurren. »Du bist ein Sturkopf, Kesson – aber zu behaupten, du hättest keine Angst vor der Königin, ist sehr töricht. Wir müssen dich an einen Ort bringen, wo du etwas Vernunft annehmen kannst.« Wieder entblößte er seine Zähne. »Ein Ort, wo keiner deiner Freunde dich jemals finden wird.«

»Nein!«, schrie Kes. »Ich komme nicht mit! Ihr könnt mich nicht zwingen!«

»Oh doch, das können wir, glaub mir. Denn falls du dich sträubst, wird deine Mutter es büßen.«

Er drehte den Kopf und zischte etwas in die Dunkelheit. Gleich darauf kam etwas auf sie zugeschwommen und Kes schnappte erschrocken nach Luft. Ein weiterer Tintenfisch – so groß wie der erste –, der Morvyr in seinen Fangarmen hielt. Ihre Arme und ihr Schwanz hingen schlaff herunter; sie hatte die Augen geschlossen und war allem Anschein nach bewusstlos.

»Was aus ihr wird, hängt ganz von dir ab, Kesson«, sagte Tullor mit seiner widerlichen Stimme. »Hast du das begriffen?«

Oh ja, Kes hatte begriffen und Tränen der Wut schossen ihm in die Augen. Doch er blinzelte sie zurück und schwieg verbissen.

»Schon besser.« Tullor schnurrte fast vor Zufriedenheit. Er schaute wieder auf den Tintenfisch. »So, wir haben genug Zeit vergeudet.«

Er schnippte mit seinem Schwanz und schwamm davon. Der Tintenfisch pulsierte aufgeregt und der Griff seiner Fangarme um Kes' Körper verstärkte sich. Dann nahm er all seine Kraft zusammen und setzte sich in Bewegung. Mit einer erstaunlichen Geschwindigkeit schoss er durch das Wasser und zog Kes mit sich fort. Der zweite Tintenfisch, der die bewusstlose Morvyr festhielt, folgte ihnen, und die beiden Riesenfische schwammen mit ihren Opfern hinter Tullor in die Dunkelheit des offenen Meeres.

Es kam Kes wie eine halbe Ewigkeit vor, als er nun zu einem unbekannten Zielort durchs Wasser geschleppt wurde.

Er konnte Morvyr und den anderen Tintenfisch nicht mehr sehen. Von den Strömungen hin und her geworfen, gefühllos an den Stellen, an denen sich die Fangarme an ihm festgesaugt hatten, fühlte sich Kes so elend und erschöpft, dass er irgendwann nicht mehr klar denken konnte. Er nahm nichts anderes mehr wahr als das Wasser, das an ihm vorbeiströmte. Und noch immer war kein Ende ihrer Reise abzusehen.

Aber irgendwann merkte er undeutlich, dass sie langsamer wurden. Mühsam öffnete er die Augen, die er unterwegs geschlossen hatte, weil ihm so übel geworden war.

Er sah auf den ersten Blick, dass sie nicht in Küstennähe waren. Das geheimnisvolle, bedrohliche Grünblau der Tiefsee umgab ihn. So weit draußen war er noch nie gewesen und es machte ihm Angst. Man konnte weder den Meeresgrund noch die Wasseroberfläche sehen; beides war zu weit weg. Kes nahm nur den wuchtigen Körper des Tintenfisches über ihm wahr, sah Flossen, die beim Schwimmen wie Flügel flatterten, und ein Stück weiter vorn den dunklen, schlangenartigen Körper von Tullor. Aber wohin schwammen sie?

Sie wurden langsamer und langsamer, und plötzlich hörte Kes Tullors schnarrende Stimme.

»Wir sind gleich da. Das indigoblaue Tor liegt unter uns. Bringt die Gefangenen!«

So abrupt, dass Kes sich fast auf die Zunge gebissen hätte, änderte der Tintenfisch die Richtung und tauchte steil nach unten. Kes spürte den Druck in seinen Ohren stärker werden, er konnte kaum noch atmen, riss den Mund auf ...

Da sah er unter ihnen einen gewaltigen Felsen aufragen. Die Spitze war so rund, als sei sie abgeschliffen worden. Genau in der Mitte gab es eine Vertiefung. Tullor schwamm darauf zu und verharrte genau darüber. Er schien auf etwas zu warten ... Dennoch erschrak Kes, als plötzlich eine hohle Stimme aus dem Inneren des Felsens flüsternd fragte: »*Wer ist da?*«

Der Tintenfisch zuckte zusammen, und die farbigen Streifen, die seinen Körper durchzogen, begannen vor Aufregung zu flimmern.

Der Riesenaal rief: »Ich bin's, Tullor! Brath und Hager sind bei mir. Wir bringen Euch Morvyr und den Jungen!«

»*Ah!*« In der gespenstischen Stimme schwangen Entzücken und unverhohlener Triumph mit. »*Kommt herein!*«

Das Wasser in der Vertiefung begann wie in einem Whirlpool zu blubbern, und Kes riss verblüfft die Augen auf, als auf dem Grund ein seltsames, bläulich violettes Licht zu leuchten begann. Der Lichtschein wurde intensiver und strahlte schließlich auch Tullors grausames Gesicht an. Schlängelnd bewegte er sich darauf zu, und die Tintenfische folgten ihm, zusammen mit den beiden Gefangenen. Kes konnte sich nicht wehren, er war machtlos. Als sie die Vertiefung erreichten, wurde das Licht gleißend hell ... und Kes hatte das Gefühl, zu fallen und zu fallen, immer tiefer und tiefer. In seiner Panik schrie er gellend auf, als er in einen senkrecht abwärtsführenden Tunnel stürzte, der rasend schnell rotierte.

»Nein! Lass mich los! Ich will nicht, ich ... oh!«

Kes' Protestgeschrei endete in einem überraschten Ausruf, als er sich in einem strahlend hellen, kreisrunden Höhlenraum wiederfand. Nach der Dunkelheit im Meer war er von diesem Licht wie geblendet, schüttelte sich das Wasser aus den Augen und versuchte zu begreifen, wo er gelandet war.

Als Erstes fielen ihm die vielen Spiegel auf. Genau neun von ihnen hingen an der gewölbten Höhlenwand und schimmerten farbig. Sieben hatten die Farben des Regenbogens: Rot, Orange, Gelb, Grün, Blau, Indigoblau und Violett. Der achte Spiegel war silbern, der neunte schwarz. Ihre Oberflächen kräuselten sich, als bestünden sie aus Wasser und nicht aus Glas. Und in den sieben Regenbogenspiegeln waren schemenhafte Schatten zu sehen; im silbernen und im schwarzen Spiegel dagegen bewegte sich nichts.

Kes zuckte erschrocken zusammen, als er hinter sich ein Lachen hörte.

Er schlug mit den Armen um sich und versuchte sich umzudrehen, um zu sehen, wer da war. Doch der Tintenfisch, Brath, verstärkte sofort seinen Griff und Kes konnte sich nicht bewegen. Da lachte die unsichtbare Person erneut und eine herrlich silbrige Stimme sagte: »Schlaf!«

Kes keuchte, als ein Kribbeln durch seinen Kopf und seinen Körper ging. Er versuchte, dagegen anzukämpfen, doch das Gefühl war übermächtig. Seine Umgebung verblasste ... er hatte das Gefühl, erneut zu fallen ...

Seine Augen fielen zu und er sank bewusstlos ins Wasser.

Kapitel elf

Vor Freude über das baldige Treffen mit Jack war Lizzy den ganzen Morgen in Hochstimmung. Da sie es irgendwann nicht länger aushielt, ging sie schon eine halbe Stunde früher als geplant los, rannte durch die Straßen und dann über den Klippenpfad. Als sie sich dem Leuchtturm näherte, sah sie ihn schon von Weitem – einen Mann, der sich deutlich von dem blauen Horizont abhob. Ihr Herz machte einen Sprung. Da blickte der Mann auf, winkte und rannte ihr die letzten fünfzig Meter entgegen.

»Hallo, Lizzy!« Jack Carrick drückte sie ungestüm an seine Brust und hob sie hoch.

»Hallo, D...« Lizzy hatte »Dad« sagen wollen, konnte sich aber gerade noch rechtzeitig bremsen. Sie hatte Morvyr »Mutter« genannt, doch das hier war etwas anderes. Sie waren an Land. Jack Carrick war ein normaler Mensch. Irgendwie war Lizzy zu nah an ihrem Zuhause und das irritierte sie. Als er sie wieder absetzte, blinzelte sie verlegen und sagte: »Ich weiß gar nicht, wie ich dich nennen soll.«

»Nun, auf keinen Fall *Mister Carrick*, das steht fest!«, antwortete er grinsend. »Aber ehrlich gesagt fände ich *Dad* auch nicht besonders gut, was meinst du?«

Lizzy machte ein langes Gesicht. »Nicht mal, wenn wir unter uns sind?«

Er schüttelte den Kopf. »Besser nicht. Wer weiß, ob uns nicht zufällig jemand hört. Da kämen wir ganz schön in Erklärungsnot, und ich glaube nicht, dass deine Familie – deine Menschenfamilie – schon bereit für die Wahrheit ist.«

Lizzy nickte. »Stimmt, ich … ich verstehe, was du meinst. Aber was soll ich denn nun sagen?«

»Wie wär's schlicht und ergreifend mit *Jack*? So nennen mich meine Freunde. Und das sind wir doch auch, oder nicht?«

Lizzy lächelte ebenfalls. »Gut … Jack.«

»Gut. Dann suchen wir uns nun ein hübsches Plätzchen für unser Picknick, machen es uns gemütlich und unterhalten uns in aller Ruhe.«

Sie entscheiden sich für eine sonnige Stelle im

Gras, im Schutz des Leuchtturms, wo sie vor der ständig vom Meer her wehenden Brise geschützt waren. Sie setzten sich auf eine Decke und Jack packte die mitgebrachten Vorräte aus: Pasteten, Salat, Limonade und einige Stücke von Mrs Treleavens leckerem Schokokuchen. Schokokuchen liebte Lizzy über alles, und sie hoffte, dass sie trotz ihrer Aufregung einige Bissen hinunterbekam.

»Ich weiß eine Neuigkeit«, sagte Jack, während er die mitgebrachten Köstlichkeiten auspackte. »Ich war heute sehr früh am Strand und habe Arhans getroffen. Sie war bei Mutter und Kes und hat ihnen erzählt, dass ich wieder da bin.«

Lizzys Augen strahlten. »Super! Hat Arhans dir auch gesagt, wo sie sind?«

»Ja. Aber sie hat mir eingeschärft, auf keinen Fall zu ihnen zu gehen. Taran hat so viele Spione, und das Risiko, dass ich sie zu dem Versteck führe, ist einfach zu groß. Wir müssen uns leider noch eine Weile gedulden.« Er sah Lizzys traurige Miene und lächelte mitfühlend. »Es fällt mir auch schwer, glaub mir, aber wenigstens wissen wir jetzt, dass sie in Sicherheit sind. So, wir beide haben uns ja eine Menge zu erzählen. Zuerst das Wichtigste: dein Medaillon. Hast du es mitgebracht?«

»Ja.« Das Medaillon hing um Lizzys Hals und sie

holte es unter ihrem T-Shirt hervor. Jack betrachtete es und nickte. »Weißt du von dem Geheimfach, Lizzy?«

»Ja. Mutter – ich meine, Morvyr – hat es mir gezeigt. Davor wusste ich nichts davon.«

»Hat sie es für dich geöffnet?«

Lizzy nickte. Ihr Puls begann zu rasen.

»Und ...?«

»Im Inneren ist eine Perle. Eine silberne Perle.« Sie zögerte. »Morvyr hat sie berührt und ... und gesagt: ›Sing!‹ Und daraufhin ... hat die Perle gesungen.«

Jack lächelte zufrieden. »Darf ich mal sehen?«, sagte er.

Lizzys Finger zitterten, als sie das Medaillon von der Kette abmachte, auf den Verschluss drückte und dann mit den Fingerspitzen behutsam über die Innenfläche fuhr. Sie wusste nicht, wie Morvyr das Geheimfach geöffnet hatte; es musste einen Trick geben, aber sie hatte leider nicht genau hingeschaut ...

Sie zuckte vor Überraschung zusammen und hätte das Medaillon beinahe fallen lassen, als das Geheimfach mit einem leisen Klicken aufsprang. Die wunderschöne silberne Perle lag da und glänzte im strahlenden Sonnenschein.

Schweigend betrachtete Jack die Perle einige Sekunden lang. Dann sagte er: »Berühr sie, Lizzy, und sag ihr, sie soll singen.«

Behutsam streckte Lizzy einen Finger aus und berührte die Perle. »Sing«, wisperte sie.

Da begann die Perle, den hohen, lieblichen Ton von sich zu geben, den Lizzy schon gehört hatte. Und auf einmal ertönte ein zweiter Ton, genauso lieblich wie der erste, nur etwas tiefer.

Verdutzt hob Lizzy den Kopf und schaute Jack mit großen Augen an. »Das war beim letzten Mal nicht zu hören«, sagte sie. »Dieser zweite Ton – was ist es?«

Jack schmunzelte. »Das hier!«

Er griff sich an den Hals und zog ein Perlmuttmedaillon unter seinem Hemd hervor, das genau wie Lizzys aussah.

»Die beiden Medaillons habe ich für dich und Kes gemacht, gleich nach eurer Geburt«, sagte er. »Und auch das hier hat ein Geheimfach. Sieh her!«

Lizzy war begeistert, als auch in Jacks Medaillon ein Geheimfach aufsprang. Und auch darin schimmerte eine Perle. Sie war aber nicht silbern wie Lizzys Perle, sondern schwarz wie die Nacht. Und sie sang ebenfalls!

Lizzys Augen wurden vor Staunen immer größer, als das Summen der beiden Perlen lauter und lauter wurde, bis die Luft um sie herum in einer wunderbaren Harmonie vibrierte.

»Wir packen sie besser wieder weg, bevor jemand anders sie hört«, sagte Jack. Er klappte sein Medaillon wieder zu und Lizzy folgte seinem Beispiel. Langsam verebbte das Summen, bis schließlich nichts mehr zu hören war als das Rauschen des Meeres und des Windes.

Lizzy blickte Jack gespannt an. »W-was hat das zu bedeuten?«, fragte sie leise.

»Die beiden Perlen stehen in einer ganz besonderen Beziehung zueinander«, erklärte ihr Jack. »Wenn eine von ihnen singt, reagiert die andere darauf. Aber nur, wenn die Entfernung nicht zu groß ist. Und je näher sie sich sind, desto lauter wird ihr Gesang.« Er lächelte. »Als du entführt wurdest, hatte ich gehofft, die schwarze Perle würde mir helfen, dich wiederzufinden. Deshalb nahm ich das Medaillon, das ich für Kes gebastelt hatte, mit auf die Reise.« Er lachte leise auf. »In den letzten elf Jahren bin ich sicher dreimal um die ganze Welt gesegelt und habe die schwarze Perle Tag für Tag gebeten, zu singen. Doch die silberne Perle hat nie darauf reagiert.«

»Weil wir zu weit voneinander entfernt waren?«

»Richtig. Aber vor einiger Zeit kam ich in die Bretagne – wie und wieso ist eine lange Geschichte, auf die ich im Moment nicht näher eingehen will. Jedenfalls bat ich die schwarze Perle auch da, für mich zu singen, und hörte plötzlich ganz leise das Summen der silbernen Perle. Nur schwach, aber immerhin ... Da wusste ich, dass ich dir endlich näher kam. Ich bin an die Küste gereist und habe es erneut probiert. Diesmal war das Summen der silbernen Perle etwas lauter, und da wusste ich, dass ich nach Cornwall zurückkehren musste.«

»Ah, deshalb warst du auf dem französischen Trawler!«

Jack nickte. »Und was danach geschah, weißt du ja.«

Lizzy blickte aufs Meer. Sie dachte an die Rettungsaktion in jener Nacht und daran, in welcher Gefahr Jack geschwebt hatte. Sie schluckte. »Es gibt noch so vieles, was ich nicht weiß«, sagte sie nach einer Weile. »Was *sind* das für Perlen? Woher kommen sie? Und warum hat Morvyr solche Angst davor, dass jemand von ihnen erfahren könnte?«

»Ja, das ist der andere Teil der Geschichte.« Jack blickte sich um, um zu sehen, ob jemand zuhören konnte. Es waren zwar einige Leute auf dem Klippenpfad, aber sie waren zu weit weg.

Deshalb sprach er weiter. »Diese Perlen waren früher ein Teil der Krone der Königin der Meerjungfrauen. Insgesamt sind es neun Perlen und jede besitzt ihre eigene Magie. Die größte Zauberkraft aber haben die schwarze und die silberne Perle. Sollten sie jemals wieder an ihren ursprünglichen Platz gelangen, würde die Trägerin der Krone über eine unglaubliche Macht verfügen.«

»Sprichst du von Tarans Krone?«, fragte Lizzy.

»Ja, sie ist momentan in Tarans Besitz. Aber Kes hat recht: Sie ist keine rechtmäßige Königin, sondern eine Usurpatorin. Und was immer auch geschieht – sie darf die schwarze und die silberne Perle unter keinen Umständen in die Hände bekommen! Deshalb hat deine Mutter auch gesagt, du darfst dein Medaillon nie mehr mit ins Meer nehmen. Taran würde vor nichts zurückschrecken, um in den Besitz der beiden Perlen zu gelangen, denn dann wäre die Krone der Macht wieder vollständig. Wenn Taran wüsste, dass du eine der Perlen hast, wärst du in größter Gefahr.«

Lizzy lief es kalt den Rücken hinunter.

»Taran war schon immer eine Außenseiterin und Unruhestifterin«, fuhr Jack fort. »Sie war neidisch auf die Königin und sehr ehrgeizig. Sie wollte selbst Königin werden, und das um jeden Preis!

Aus diesem Grund hat sie vor elf Jahren eine Schar von Anhängern um sich versammelt – Meeresgeschöpfe, die genauso machtgierig und skrupellos sind wie sie –, und sie schmiedeten ein Komplott. Sie wollten die wahre Königin, Kara, stürzen und die magische Krone an sich reißen.«

Jack starrte in die Ferne. »Der Überfall erfolgte völlig unvorbereitet. Keiner von Königin Karas Getreuen war in der Nähe. Sobald sie erfuhren, was passiert war, eilten sie natürlich zu ihr, doch da war es bereits zu spät. Taran war entkommen und Kara lag schwer verwundet in ihrem Palast am Meeresgrund.«

Jacks Blick verschleierte sich. »Kara konnte ihnen gerade noch sagen, dass Taran die Krone gestohlen und ihre Tochter Karwynna entführt hatte. Alle waren entsetzt, denn die neun Perlen in der Krone verleihen jedem, der sie trägt, große Macht. Doch zum Glück hat Taran nicht alle Perlen bekommen. Im Laufe der Auseinandersetzung war es Königin Kara gelungen, zwei der Perlen aus der Krone zu reißen.«

»Die silberne und die schwarze ...«, sagte Lizzy leise.

»Richtig. Taran und ihre Spießgesellen mussten ohne die beiden Perlen fliehen, als die Getreuen der Königin eintrafen. Die Königin vertraute die Perlen Morvyr an, die ihr versprach, dass sie und ihre Freunde alles daransetzen würden, Taran die Krone wieder abzujagen und der rechtmäßigen Erbin zu übergeben.« Er machte eine kurze Pause. »Wenige Minuten später ist Königin Kara gestorben.«

Lizzy wusste nicht, was stärker war: ihre Trauer oder ihre Wut. Sie musste ein paar Tränen wegblinzeln und sich ganz fest auf die Lippen beißen.

Jack spürte, was in ihr vorging, und er griff nach ihrer Hand. »Deine Mutter hat die Perlen in den beiden Medaillons versteckt und sie mit einer magischen Schutzformel geschützt«, fuhr er leise fort. »Taran ließ sich wenige Tage später zur Königin ausrufen, denn so viel Macht verlieh ihr die Krone auch mit nur sieben Perlen. Aber natürlich hat sie es weiterhin auf die schwarze und die silberne Perle abgesehen. Denn sie sind mit Abstand die beiden mächtigsten Perlen. Wenn sie sie besäße, wäre sie so gut wie unbesiegbar.«

»Hat sie nicht geahnt, wo sie waren?«

»Das schon, aber sie hatte keinen Beweis. Natürlich hat sie vermutet, dass Königin Kara sie deiner Mutter gegeben hatte. Doch sie konnte nichts gegen Morvyr unternehmen, weil ich ja da war.«

Jacks Augen blitzten zornig auf. »Ich hatte nämlich keine Angst vor Taran und das wusste sie!«

Lizzy begann zu begreifen. »Aha, deshalb also hat sie mich entführt! Sie wollte dich weglocken, damit Morvyr niemanden mehr hatte, der sie beschützen konnte!«

»Richtig. Sie legte eine falsche Fährte, die uns glauben ließ, du seist nach Übersee gebracht worden. Und ich bin dieser Fährte gefolgt, um dich zu finden.«

»Aber was war mit Taran? Hattest du keine Angst, dass sie Morvyr etwas antun könnte, solange du fort bist?«

Jack schüttelte den Kopf. »Wir wussten beide, dass Taran es nicht wagen würde. Sie konnte jeden Winkel und jede Ecke unseres Heims durchsuchen, ohne die Perlen zu finden. Denn die waren in den Medaillons sicher versteckt. Du hattest deines um den Hals, als du entführt wurdest, und ich nahm Kes' Medaillon mit mir.«

»Taran muss ja schrecklich getobt haben!«

»Oh ja, ganz bestimmt! Aber sie konnte Morvyr nichts antun, weil sie sonst nie erfahren hätte, was aus den Perlen geworden ist. Deshalb waren wir uns sicher, dass deiner Mutter nichts geschehen würde.«

Lizzy nickte. »Und jetzt sind wir beide wieder hier«, sagte sie nachdenklich. »Zusammen mit den Perlen.« Sie blickte auf. »Meinst du, wir können Morvyr helfen, das Versprechen, das sie Königin Kara gegeben hat, zu halten?«

Jack lächelte. »Würdest du das gern tun?«

Lizzy zögerte keine Sekunde. »Oh ja«, sagte sie. »Mehr als alles andere auf der Welt!«

Etwa eine Stunde später gingen sie nach Hause. Sie hatten das Picknick kaum angerührt, was wirklich schade war, doch weder Lizzy noch Jack hatten ans Essen denken können, weil es so viel zu besprechen gab. Lizzy hatte das Gefühl, ihr Kopf würde gleich platzen. Sie hatte so viele Dinge erfahren, die sie zuerst verdauen musste. Eines jedoch stand fest: Sie *mussten* einen Weg finden, um Taran zu stürzen und die Krone der Meerjungfrauen an die rechtmäßige Erbin Karwynna zu übergeben.

Lizzy schaute zu Jack hinauf, der neben ihr ging, und sagte: »Hast du eine Ahnung, wo Königin Karas Tochter sein könnte?«

»Karwynna?« Jack schüttelte den Kopf. »Ich wünschte, ich wüsste es, Lizzy! Aber leider weiß es niemand. Taran hat sie damals beim Überfall auf die Königin entführt, und wie Arhans sagt, hat man seither nichts mehr von ihr gehört.« Er legte die Stirn in Falten. »Wir wissen nicht einmal, ob sie überhaupt noch lebt.«

»Du meinst, Taran hat sie eventuell *umgebracht*?«

»Ihr traue ich alles zu.« Er schaute Lizzy an und seine Augen waren plötzlich sehr ernst. »Und deshalb will ich auch, dass du sehr vorsichtig bist, wenn du ins Meer gehst. Gestern zum Beispiel – es war zwar wunderbar, dich auf diese Weise kennenzulernen, aber du hättest es nicht tun sollen. Solange wir über Tarans Pläne nicht mehr wissen, musst du sehr, sehr vorsichtig sein.«

Lizzy nickte. »Das habe ich jetzt begriffen. Es tut mir leid.«

»Nun, zum Glück ist dir ja nichts passiert. Aber in Zukunft solltest du nur ins Wasser gehen, wenn die Delfine bei dir sind. Dann werden es Kreaturen wie Tullor nicht wagen, dir auch nur ein Härchen zu krümmen.«

Sie waren inzwischen fast beim Hafen angekommen, wo sich ihre Wege trennten: Lizzy würde nach Hause gehen, Jack zu den Treleavens. An der Straße blieb Jack stehen.

»Ich werde die nächsten ein, zwei Tage nicht hier sein«, sagte er. Als er Lizzys bestürztes Gesicht sah, fügte er hastig hinzu: »Du brauchst dir keine Sorgen zu machen. Jeff Treleaven fährt morgen in aller Herrgottsfrühe mit seinem Fischkutter raus und ich begleite ihn quasi als zusätzlicher Bootsmann.« Er lächelte. »Ich freue mich schon darauf, wieder arbeiten zu können.«

»Trotz allem, was dir auf dem französischen Trawler zugestoßen ist?«, fragte Lizzy überrascht.

»Aber ja! Wer das Meer im Blut hat, den zieht es immer wieder aufs Wasser, egal, was auch passiert ist.«

»Und wann kommst du zurück?« Lizzy wollte ihn nicht gehen lassen, versuchte aber, sich ihre Enttäuschung nicht anmerken zu lassen.

»Wir werden maximal zwei oder drei Tage auf See sein. Rose wird dich sicher auf dem Laufenden halten. Paul kommt auch mit und die beiden sind ja ständig in SMS-Kontakt.«

Lizzy lachte. »Und wenn du zurück bist«, sagte sie, »können sich Kes und Morvyr vielleicht wieder aus ihrem Versteck wagen.«

»Hoffen wir's! Oh, beinahe hätte ich es vergessen: Ich habe etwas für dich.« Er wühlte in seiner Hosentasche und reichte Lizzy dann einen zusammengefalteten Zettel. »Nachdem Taran den Thron an sich gerissen hatte, machte unter den Meermenschen ein Vers die Runde. Sie flüsterten ihn sich zu, um sich gegenseitig Mut zu machen, und hofften, dass Tarans Herrschaft nicht lange dauern würde. Inzwischen traut sich niemand mehr. Als er mir neulich wieder einfiel, habe ich ihn für dich aufgeschrieben.«

Lizzy faltete den Zettel auseinander. Darauf stand ein kurzes Gedicht:

Rot geht die Sonne auf, orange glänzt der Himmel,
golden glitzert der Sand.
Grün sind die Tümpel, in denen es vor Fischen wimmelt,
blau ist das Wasser, das sich wälzt an Land.
Indigoblaue Schatten hüten der Höhlen Geheimnis,
Violett ist der Glanz der Nacht.
Silber und Schwarz aber, das ist gewiss,
werden erneut erstrahlen in all ihrer Pracht.

Blinzelnd hob Lizzy den Kopf. »Wie schön!«

»Ja, nicht wahr? Hoffen wir, dass es bald wahr wird.« Er beugte sich herab und küsste Lizzy auf die Stirn. »Pass gut auf dich auf, mein Schatz. Ich bin bald wieder da.«

»Kann ich morgen früh zum Hafen kommen und dir nachwinken?«

»Klar. Ich würde mich freuen. Bis morgen!«

Lizzy schaute ihm lange nach. Sie dachte an den Vers und seine Bedeutung.

Silber und Schwarz aber, das ist gewiss,
werden erneut erstrahlen in all ihrer Pracht ...

Behutsam faltete sie den Zettel so klein wie möglich zusammen, öffnete ihr Medaillon und legte den Zettel hinein. Dann, nach einem letzten Blick auf Jacks Gestalt in der Ferne, drehte sie sich um und machte sich auf den Nachhauseweg.

Kapitel zwölf

Als Kes wieder erwachte, fühlte er sich wie gerädert und drehte sich gähnend und benommen im Wasser. Er war froh, dass er aufgewacht war, denn er hatte einen scheußlichen Albtraum gehabt. In diesem Traum wollte er mit seiner Mutter nachts an die Küste schwimmen, als sie plötzlich angegriffen wurden ... Von wem noch mal?

Plötzlich machte es »klick« in seinem Kopf und er zuckte erschrocken zusammen. Es war kein Albtraum gewesen – er hatte es wirklich erlebt!

Kes riss die Augen auf und blickte sich um.

Er war nicht im offenen Meer und Nacht war es auch nicht mehr. Um ihn herum war ein merkwürdiges Leuchten, ähnlich wie Sonnenlicht, nur gelber und ... irgendwie *dichter*. Das war das einzige Wort, das ihm dafür einfiel. Es machte alles trübe und düster – so als würde er nicht im Wasser, sondern in Milch schwimmen. Vor ihm war etwas – ein undeutliches, verwackeltes Bild. Kes schwamm darauf zu und donnerte zu seiner Überraschung an eine Wand, die so massiv und glatt und hart war wie Glas.

Er drückte die Nase an die Scheibe und versuchte zu sehen, was auf der anderen Seite war, doch das war wegen des dichten gelben Lichtscheins recht schwierig. Allerdings war da etwas, das wie ein rundes Wasserbecken aussah und von einer breiten Einfassung umgeben war. Rundherum sah Kes schemenhafte farbige Flecken. Sie erinnerten ihn dunkel an etwas, doch im ersten Moment fiel ihm nicht ein, woran. Dann dämmerte es ihm! Eine unterseeische Grotte – seine Entführer hatten ihn durch einen senkrechten Tunnel in eine Grotte gebracht, in der rundum regenbogenfarbene Spiegel hingen ...

Und er befand sich hinter dem gelben Spiegel!

Hektisch tastete sich Kes an der Wand entlang und merkte bald, dass sich sein erster Verdacht bestätigte: Die Wand krümmte sich und führte wieder zum Spiegelglas zurück. Er war in einer Wasserkugel eingesperrt, aus der es keinen Ausgang gab!

»Hey!« Mit beiden Fäusten hämmerte er gegen

den Spiegel und seine Wut war inzwischen fast größer als seine Angst. »Ich will hier raus!«

Sein Hämmern erzeugte kein Geräusch, und er war sich sicher, dass auf der anderen Seite des Spiegels niemand war, der ihn hörte. Wo war er nur gelandet? Und wo war seine Mutter? Er presste sein Gesicht an die durchsichtige Spiegelfläche und versuchte erneut, auf der anderen Seite etwas zu erkennen. Oh, da war tatsächlich etwas: Auf der anderen Seite des Wasserbeckens in der Mitte der Grotte saß eine Gestalt auf einem Felsvorsprung. Kes war sich sicher, dass sie vor einer Minute noch nicht da gewesen war, und sein Puls begann zu rasen, als er die vertrauten Umrisse eines langen, glänzenden Schwanzes sah.

»Mutter!«, rief er, so laut er konnte. »Mutter!«

Die Gestalt bewegte sich. Es war tatsächlich eine Meerjungfrau, doch sie hatte keine blonden, sondern pechschwarze Haare! Kes' anfängliche Freude erlosch, neue Panik überfiel ihn. Da hob die Meerjungfrau eine Hand und zeigte in seine Richtung.

Noch im selben Moment löste sich die Glasscheibe vor ihm auf. Das in der Kugel befindliche Wasser schwappte heraus und riss Kes mit sich. Er wurde aus dem Spiegel gespült und landete platschend in dem runden Becken.

Das aufgewühlte Wasser wirbelte ihn hin und her und auf und ab. Es dauerte eine Weile, bis es sich so weit beruhigt hatte, dass Kes sich wiederaufrichten und an die Oberfläche schwimmen konnte. Als er keuchend Luft holte und sich das Wasser aus den Augen schüttelte, hörte er eine Frauenstimme sagen: »Herzlich willkommen, Kesson.«

Die Meerjungfrau, die er durch den Spiegel gesehen hatte, musterte ihn lächelnd. Blauschwarz schimmernde Haare fielen ihr über die Schultern, die Augen waren smaragdgrün. Das Gesicht war zwar wunderschön, wirkte aber gleichzeitig grausam und boshaft. Sie trug ein goldenes Diadem auf dem Kopf, das mit sieben Perlen verziert war. Plötzlich bemerkte Kes, dass ihn noch ein zweites Augenpaar anstarrte. Tullor lag zusammengerollt am Fuß der Felsencouch. Sein Maul stand offen, und es sah aus, als würde er grinsen.

Kes starrte die beiden fassungslos an. *Tullor ist doch ein Aal!*, schoss es ihm durch den Kopf. *Wie kann er da außerhalb des Wassers leben?* Doch er konnte sich nicht lange wundern, denn die Meerjungfrau sprach weiter.

»Nun?«, sagte sie. »Hast du uns nichts zu sagen?« Sie beugte sich vor und ihr kühler Blick ließ Kes frösteln. *»Weißt du, wer ich bin?«*

Oh ja, das wusste Kes. Zitternd suchte er nach den richtigen Worten. »Du bist ... Taran ...«

»*Königin* Taran!«, zischte Tullor. »Und sag gefälligst ›Majestät‹ und ›Ihr‹, wenn du sie ansprichst!«

»Schweig, Tullor!« Taran hob eine Hand und der Riesenaal wich ängstlich zurück. »Kesson ist noch sehr jung und seine Mutter hat ihm offenbar keine Manieren beigebracht.« Sie taxierte ihren Diener. »Du hast deine Aufgabe gut erledigt und wirst eine Belohnung erhalten. Aber jetzt geh! Ich will mit unserem neuen Freund unter vier Augen reden.«

Tullors schlangenähnlicher Leib glitt in das Becken. Kes zuckte zurück, doch der Aal würdigte ihn nur eines kühlen, drohenden Blickes, bevor er unter der Oberfläche verschwand, ohne dass sich das Wasser kräuselte.

Ohne Tullor fühlte sich Kes etwas mutiger und er fragte: »Wo ist meine Mutter? Was habt Ihr mit ihr gemacht?«

»Ihr geht es im Moment ganz gut«, antwortete Taran lässig. Doch dann änderte sich ihr Gesichtsausdruck. »Wenn du aber Wert darauf legst, dass das so bleibt, musst du mir gehorchen und all meine Fragen wahrheitsgemäß beantworten. Hast du verstanden?«

Kes schluckte und nickte dann.

»Gut. Dann komm aus dem Wasser und setz dich zu mir!«

Das war so ungefähr das Letzte, worauf Kes Lust hatte, doch er wagte es nicht, zu widersprechen. Unter Mühen versuchte er, seinen Fischschwanz aus dem Wasser auf den Felsvorsprung zu hieven. Taran beobachtete seine Bemühungen lächelnd.

»Warum verwandelst du dich nicht in deine menschliche Form?«, fragte sie amüsiert. »Schau nicht so überrascht drein! Ich weiß *alles* über dich und deine Zwillingsschwester. Du brauchst mir nichts vorzumachen. Und du musst auch nicht vor mir verbergen, was du bist!«

Kes lief hochrot an. Doch er verwandelte sich per Willenskraft, und als er dann aus dem Wasser stieg, sah er wie ein normaler Menschenjunge aus.

»Schon besser«, säuselte Taran. »Und jetzt lass uns reden! Weißt du, warum ich dich herbringen ließ?«

Er schüttelte den Kopf. »Nein ... Majestät.«

»Es ist ganz einfach.« Ohne Vorwarnung packte Taran ihn am Arm. Kes zuckte zusammen, denn sie war erstaunlich stark. Drohend starrte sie ihm in die Augen, und ihre vorhin noch liebliche Stimme klang plötzlich wie Gift, als sie zischte: »Ich will die silberne Perle haben!«

Kes begann vor Angst zu zittern. »D-d-die silberne Perle ...?«, wiederholte er benommen.

»Ja! Tu bloß nicht so, als hättest du mich nicht verstanden! Du weißt genau, was ich meine. Deine Schwester trägt sie in ihrem Medaillon mit sich herum. Und du hast die Perle auch gesehen, stimmt's? Morvyr hat dir und deiner Schwester das Geheimnis verraten.«

»Nein, Majestät ...«

»Lüg mich nicht an! Ich weiß es genau!« Tarans Stimme wurde schrill, doch sie riss sich rasch wieder zusammen. »Ich werde die silberne Perle bekommen, Kesson. Und du wirst mir dabei helfen!«

In Kes' Kopf drehte sich alles. Woher wusste Taran von der Perle in Lizzys Medaillon? Es gab nur eine Erklärung. Als Lizzy und Morvyr sich das erste Mal trafen, hatte Morvyr ihnen das Geheimfach im Medaillon gezeigt. Da hatten sie die silberne Perle gesehen, die auf Morvyrs Befehl hin diesen seltsamen, hohen Summton von sich gegeben hatte. Morvyr hatte das Geheimfach allerdings schnell wieder zugemacht. Doch falls einer von Tarans Spionen in der Nähe gewesen war, hatte er die Perle möglicherweise singen gehört.

»Sieh mal, ich zeige dir etwas!« Taran nahm sich

das goldene Diadem vom Kopf und legte es auf ihren Schoß. Sie klang wieder freundlich und vernünftig. »Das ist meine Krone, Kesson. Die Krone der rechtmäßigen Königin. Schau genauer hin. Siehst du es?« Sie deutete auf die Perlen, die in regelmäßigen Abständen in die Krone eingelassen waren. »Die Krone ist nicht vollständig. In ihr sollten neun Perlen sein, aber leider fehlen zwei.« Einschüchternd starrte sie nun wieder auf Kes. »Willst du wissen, was mit ihnen geschehen ist?«

Wieder schluckte Kes trocken und schüttelte dann den Kopf.

»Sie wurden gestohlen«, erklärte Taran ungewöhnlich sanft. »Und weißt du auch, von wem?«

»N-nein, Majestät ...«

»Dann werde ich es dir sagen. Von deiner Mutter!«

Ungläubig riss Kes die Augen auf. »Nein! Mutter würde niemals ...«

»*Lass mich ausreden!*«, schnaubte Taran. »Deine Mutter, Morvyr, hat die silberne und die schwarze Perle aus meiner Krone gestohlen und versteckt. Und ich will sie zurückhaben!« Wieder funkelte sie ihn zornig an. »Du hast eine der Perlen im Medaillon deiner Schwester gesehen, stimmt's, Kesson?«

Kes hatte das schreckliche Gefühl, ihr hypnotischer Blick würde sich direkt in sein Gehirn bohren und seine geheimsten Gedanken lesen. Er spürte eine machtvolle Kraft von ihr ausgehen. Und weil er nicht wagte, sie anzulügen, flüsterte er: »Ich habe ... *eine* Perle gesehen. Aber ich weiß nichts über sie.« Er schluckte und fügte hastig hinzu: »... Majestät.«

»Und welche Farbe hatte sie?«

Kes zitterte wie eine Qualle. »S-silbern.«

»Aha! Und weißt du auch, wo die *schwarze* Perle ist?«

Zum ersten Mal in seinem Leben war Kes heilfroh, dass Morvyr in diesem Punkt so verschwiegen gewesen war. Hätte sie ihm von den Perlen erzählt und hätte er jetzt versucht, es vor Taran zu verheimlichen, hätte sie es garantiert gemerkt. Und er schauderte bei dem Gedanken, wie sie dann reagiert hätte.

»B-bitte, M-Majestät, glaubt mir«, stammelte er. »Ich weiß nichts von einer schwarzen Perle. Ich habe noch nie von ihr gehört!«

Die Königin starrte ihm noch ein paar Sekunden unverwandt in die Augen. Dann lehnte sie sich unvermittelt zurück. »Ich sehe, dass du die Wahrheit sagst«, meinte sie. »Das ist sehr vernünftig von dir. Das alles ist sehr lange her, und du warst vermutlich noch zu klein, um dich daran zu erinnern.« Sie richtete ihre Aufmerksamkeit wieder auf das Diadem und strich behutsam über die farbigen Perlen.

Kes überlegte angestrengt. Er wusste nun, warum die Königin die Perle aus Lizzys Medaillon haben wollte. Aber es gab offenbar auch eine schwarze Perle – nur ... wo war sie? Ob Morvyr es wusste? Kes glaubte keine Sekunde, dass seine Mutter die Perlen gestohlen hatte, aber sie wusste sicher, was aus der fehlenden schwarzen Perle geworden war.

Auf einmal fiel ihm ein, was Arhans seiner Mutter am Vortag von seinem Vater ausgerichtet hatte: *Die neunte ist bei mir in Sicherheit.* In Tarans Diadem befanden sich sieben Perlen, zwei fehlten – das ergab genau neun! Hatte sein Vater *das* gemeint? Besaß *er* die schwarze Perle?

Kes begriff, dass Taran auf keinen Fall erfahren durfte, dass Jack Carrick zurückgekehrt war. Er musste ungeheuer aufpassen und konnte nur hoffen, dass sie ihn nicht nach seinem Vater fragen würde. Denn wenn sie ihm dabei so intensiv in die Augen schaute wie vorhin ...

»Woran denkst du, Kesson?«

Kes fuhr zusammen und blickte auf. Taran hatte sich das Diadem wieder auf den Kopf gesetzt und musterte ihn mit ihren kalten grünen Augen. Verlegen schaute er weg und sagte: »Ich habe mir nur überlegt ... was Ihr mit Mutter und mir machen werdet.«

Sie lächelte. »Verstehe. Du hast Angst, nicht wahr? Aber keine Bange, ich werde dir nichts tun, obwohl ich das natürlich könnte. Aber ich habe eine viel bessere Idee. Deine Mutter wird für eine Weile bei mir bleiben ... als mein Gast.« Die Art, wie sie das Wort *Gast* aussprach, ließ Kes frösteln. »Und du wirst in der Zwischenzeit etwas für mich tun. Wenn du ein braver Junge bist und alles zu meiner Zufriedenheit erledigst, kommt Morvyr frei. Andernfalls ...« Sie stieß ein unfreundliches Lachen aus. »Nun ja, sagen wir einfach, dass deine Mutter es büßen müsste.«

Kes hielt es nicht mehr aus und er schrie: »Wo ist sie? Ich will sie sehen!«

»Also gut. Kein Problem.« Sie drehte den Kopf zum indigoblauen Spiegel und streckte den Arm aus.

Kes dachte, die Oberfläche des Spiegels würde sich wie bei dem gelben Spiegel auflösen und ein Schwall Wasser herausplatschen. Doch das Wasser hinter dem Spiegel begann nur zu blubbern. Und plötzlich tauchte ein Bild darin auf.

Morvyr war hinter dem Spiegel eingesperrt, genau wie Kes vorhin. Doch sie trieb reglos im Wasser. Ihre goldenen Haare schwammen wie eine blasse Wolke um ihren Kopf, und ihr Schwanz hing schlaff herunter, ganz so, als hätte sie keine Kontrolle mehr über ihn.

»Mutter!«, rief Kes entsetzt, doch Taran lachte nur.

»Sie kann dich nicht hören. Sie schläft und wird so lange schlafen, bis ich beschließe, sie aufzuwecken. *Falls* ich das jemals tue. Es hängt ganz von dir ab.«

Kes starrte auf Morvyrs schlaffen Körper und wurde von einer solch verzweifelten, ohnmächtigen Wut gepackt, dass er kaum noch Luft bekam.

Es kostete ihn große Überwindung, äußerlich ruhig zu fragen: »Was muss ich tun?«

Taran lächelte triumphierend. »Wie ich schon sagte, musst du mir nur etwas besorgen. Die Sache ist ganz einfach. Du gehst an Land zu deiner Schwester Tegenn und sagst ihr, dass eure Mutter meine Gefangene ist und ich sie nur freilasse, wenn ich die silberne Perle bekomme.«

In einem letzten Anflug von Trotz sagte Kes: »Und was ist, wenn sie sie mir nicht geben will?«

»Dann musst du sie überreden. Denn andernfalls wirst du deine Mutter nie wiedersehen. Und dass es so kommt, willst du sicher nicht, oder?« Sie machte eine kurze Pause. »Los, gib mir eine Antwort!«

»Nein ... Majestät«, stammelte Kes bestürzt.

Taran kicherte leise in sich hinein. »Du bist ein kluger Junge, Kesson. Du hast begriffen, dass du mir gehorchen musst. Das musst du nur noch deiner Schwester begreiflich machen. Ich bin mir sicher, dass es dir gelingen wird.«

Kes wusste, dass er keine andere Wahl hatte. Er nickte.

»Sobald du die Perle hast«, fuhr Taran ungerührt fort, »bringst du sie sofort hierher. Und Tegenn muss mit dir kommen.«

»Aber ...«

»*Schweig!* Ich will sie kennenlernen und deshalb muss sie mitkommen! Danach könnt ihr alle drei wieder gehen!«

Konnte er Taran glauben? Würde sie ihr Wort halten oder sie alle drei einsperren? Er traute ihr nicht über den Weg. Doch wenn er nicht tat, was sie wollte, würde sie Morvyr etwas antun.

Das Herz klopfte ihm bis zum Hals, als er sagte: »Gut, ich werde Tegenn mitbringen.«

»Gut so. Ah, da wäre noch etwas, bevor du gehen kannst. Jede Perle hat ihr eigenes Tor zur Außenwelt, das nur sie allein zu öffnen vermag. Du wurdest durch das indigoblaue Tor hierher gebracht, das ich mit der indigoblauen Perle geöffnet habe. Die silberne Perle musst du durch das silberne Tor bringen.« Mit einem boshaften Lächeln fügte sie hinzu: »Keine andere Perle kann dieses Portal öffnen. Falls du also versuchen solltest, mich hereinzulegen, bleibt das Tor verschlossen, und ich werde wissen, dass du mir eine falsche Perle bringen wolltest.«

»Und wie kann ich dieses Tor finden?«, fragte Kes.

»Deine Schnüfflerfreunde, die Delfine, wissen, wo alle Tore sind – möge es ihnen eines Tages zum Verhängnis werden!«, schnaubte Taran. »Es liegt ein gutes Stück von der Küste entfernt, und deshalb gebe ich dir genügend Zeit, um deine Aufgabe zu erfüllen. Aber glaub mir, dir bleibt nichts anderes übrig!«

Sie blickte auf das runde Wasserbecken und klatschte laut in die Hände. Das Wasser wirbelte auf und Tullors hässlicher Kopf erschien.

»Ihr habt mich gerufen, Euer Majestät?«, sagte der Riesenaal unterwürfig.

»Ja, Tullor. Der Junge darf ins Meer zurück. Lass

ihn durch das grüne Tor hinaus. Und sorg dafür, dass sich herumspricht, dass ich nicht länger nach ihm suche. Er ist frei und kann tun und lassen, was er will.«

»Euer Majestät!?« Tullor fiel aus allen Wolken.

»Keine Fragen, Tullor! Tu einfach, was ich gesagt habe!«

Der Aal senkte kriecherisch den Kopf. »Selbstverständlich, Euer Majestät.« Er warf einen finsteren Blick auf Kes.

»Geh jetzt, Kesson!«, befahl Taran. »Aber vergiss nicht: Falls du versuchen solltest, mich hereinzulegen, werde ich es merken.«

Kes glitt von der Felsencouch in das Wasserbecken. Tullor schwamm mit finsterer Miene um ihn herum und Taran hielt ihr Diadem hoch. Sie berührte die grüne Perle, die daraufhin zu glühen begann. Das Wasser erglühte ebenfalls und nahm denselben smaragdgrünen Farbton an wie die Perle. Und dann, so abrupt, dass Kes völlig überrascht war, begann das Wasser zu blubbern und zu brodeln. Hilflos drehte er sich wie ein Kreisel um die eigene Achse und verspürte einen starken Sog. Und schon im nächsten Moment wurden er und Tullor nach unten gerissen und in etwas hineingesaugt, das sich wie ein riesiger Whirlpool anfühlte.

Es ging spiralförmig nach unten. In einem Regenbogen von Farben wurde Kes umhergewirbelt. Er wurde nach unten, zur Seite und in alle Richtungen gerissen. Dann plötzlich hörte er ein Zischen und Brausen und er und der Aal wurden aus dem Tunnel geschleudert und waren im offenen Meer.

Kes keuchte benommen und ruderte mit Armen und Beinen, bis er endlich wieder aufrecht war – oder zumindest glaubte, es zu sein. Tullor erholte sich wesentlich schneller als er, und seine kalten Augen waren voller Hass, als er sagte: »Die Königin hat gesagt, ich muss dich gehen lassen, und ich gehorche ihr. Aber wenn es nach mir ginge ...« Er sprach seine Drohung nicht aus.

Kes versuchte, sich nicht davon beeindrucken zu lassen, und schaute sich um. Von der Wasseroberfläche drang gefiltertes Licht herab, was bedeutete, dass es schon Tag sein musste, doch es war sehr trüb. Kes begriff, dass sie in der Tiefsee waren, denn alles kam ihm fremd vor. »Wo sind wir?«, fragte er.

»Frag die Delfine!«, erwiderte Tullor hämisch. »Sie bilden sich ja ein, alles zu wissen. Sie werden dir sicher sagen, wo du bist – falls du sie jemals findest.«

Wenn der Aal lachen könnte, dachte Kes, hätte

Tullor jetzt sicher losgeprustet. Aber Kes verkniff sich jeden Kommentar und nach einer Weile zischte Tullor: »Wir sehen uns wieder, Kesson, glaub mir!«

Tullor drehte sich um und schwamm mit schlängelnden Bewegungen davon. Kes schaute dem Riesenaal nach, bis er in der düsteren Unterwasserwelt verschwunden war. Dann stieß er einen tiefen Seufzer aus. Er fühlte sich zwar einsam und verloren, aber immer noch wohler als in Tullors Gesellschaft. Irgendwie würde er schon zur Küste finden. Irgendjemand würde ihm sicher sagen können, wo er war. Und vielleicht würde er sogar ein befreundetes Wesen treffen, das Arhans benachrichtigen könnte. Kes brauchte die Delfine so dringend wie nie zuvor.

Er schloss die Augen und verwandelte sich in einen Meerjungen zurück. Sobald die Verwandlung abgeschlossen war, schnippte er mit dem Schwanz und spürte seine Kraft. Dann starrte er in das endlose, unbekannte Meer, das ihn umgab. Ihm war nicht sehr wohl in seiner Haut, doch er versuchte, an etwas anderes zu denken.

»Ich werde Taran die Perle bringen, Mutter«, flüsterte er entschlossen. »Ich werde dafür sorgen, dass du freikommst. Das verspreche ich dir!«

Luftblasen blubberten aus seinem Mund und seiner Nase und stiegen nach oben, als er tief ein- und ausatmete. Dann spannte er all seine Muskeln an und schwamm entschlossen los, hinein in die dämmerige Unterwasserwelt.

ENDE

Willst du mehr über Louise Cooper wissen?

Worüber würden Sie sich am meisten freuen, wenn Sie eine Meerjungfrau wären? Und wie würden Sie heißen wollen?

Ich fände es total spannend, wenn ich dann alle Meerestiere verstehen und nach ihrem Leben befragen könnte. Und ich hätte auch schrecklich gern die Macht, Sonnenschein herbeizuzaubern. Wie ich heißen wollte? Nun, es müsste auf jeden Fall ein Name sein, der etwas Schönes bedeutet. Vielleicht »Sterganna«; das ist ein kornisches Wort und es bedeutet »Sternenlicht«.

Können Sie so gut schwimmen wie Lizzy?

Leider nicht! Ich schwimme zwar gern, aber nicht

sehr gut, fürchte ich. Dafür liebe ich Bodyboard-Surfing, was ich sehr gern tue, wenn ich am Strand bin. Es macht echt Spaß, aber ich achte immer darauf, dass ich in Küstennähe bleibe.

Haben Sie Geschwister?

Nein, ich bin Einzelkind. Auch mein Mann Cas ist ein Einzelkind ... Aber dafür haben wir eine ganz liebe Katze!

Haben Sie schon mal jemanden kennengelernt, der so gruselig war wie Tullor?

Nein, so gruselig nicht, und darüber bin ich ganz froh. In Aquarien habe ich schon Meeraale gesehen, und selbst wenn sie hinter Glas sind, sehen sie zum Fürchten aus!

Meine Freundin hat ein Pferd, Mischa, vor dem ich auch manchmal Angst habe, einfach weil es so groß ist. Es ist eine Kreuzung aus Vollblüter und Zugpferd, mit einem Stockmaß von über einem Meter siebzig. Aber Mischa ist ein sanfter Riese. Man muss nur aufpassen, nicht unter ihre Hufe zu geraten ...

Sind Sie schon mal mit Delfinen geschwommen?

Nein, aber wäre es nicht herrlich? Bei uns in Cornwall sieht man manchmal Delfine vor der Küste. Und als wir einmal mit der Fähre zu den Scilly-Inseln fuhren, schwamm eine Gruppe von Delfinen etwa eine halbe Stunde lang hinter uns her. Den engsten Kontakt mit Delfinen hatte ich allerdings in der Bretagne: Cas und ich waren bei Freunden auf einem Boot, als eines Abends ein Delfin herbeigeschwommen kam, mit uns gespielt und »geredet« hat. Es war fantastisch; ein Erlebnis, das ich nie vergessen werde.

Hatten Sie als Kind ein Lieblingsbuch?

Oh ja, und zwar: *Der Löwe, die Hexe und der Kleiderschrank* von C. S. Lewis. Als ich es zum ersten Mal las, war ich ungefähr acht, und nachdem ich es gelesen hatte, wollte ich durch den Schrank im Schlafzimmer meiner Eltern nach Narnia gehen. Ich weiß noch, dass ich schrecklich enttäuscht war, als es nicht klappte! Dieses Buch ist für mich noch heute das magischste und aufregendste Buch, das ich kenne und das mich immer wieder inspiriert.

Was tun Sie am liebsten?

Am allerliebsten bin ich am Strand. Ich halte in Tümpeln zwischen den Steinen nach angeschwemmten Fischen Ausschau, suche Muscheln, baue Sandburgen, paddle oder surfe, erforsche alles, träume vor mich hin ... Für mich gibt es nichts Schöneres als einen Tag am Meer!

Wie sind Sie Schriftstellerin geworden?

Schon als kleines Kind habe ich mir ständig Geschichten ausgedacht – normalerweise Gruselgeschichten – und merkte recht schnell, dass ich später auf jeden Fall schreiben wollte. Also schrieb und schrieb ich und schickte meine Manuskripte so lange an diverse Verlage, bis endlich mein erstes Buch veröffentlicht wurde. Und seitdem schreibe ich quasi ununterbrochen.

Gefahr in der magischen Unterwasserwelt

Louise Cooper
**Der Fluch der Meerjungfrauen 1
Der silberne Delfin**
Ab 10 Jahren · 160 Seiten
ISBN 978-3-7817-0337-7

Lizzy ist überglücklich, als ihre Adoptivfamilie nach Cornwall zieht. Als sie dort am Meer Kes kennenlernt, erfährt sie, dass sie eine halbe Meerjungfrau ist. Daraufhin möchte Lizzy ihre Mutter Morvyr treffen. Doch in der Unterwasserwelt ist die böse Meerkönigin Taran auf der Suche nach etwas Wertvollem – etwas, das Lizzy besitzt.

Weitere Informationen unter: *www.erika-klopp.de*

Fünf Freundinnen mit Zauberkräften

Patricia Schröder
**Hexgirls –
Eine magische Clique (Bd. 1)**
ISBN 978-3-7817-1880-7

Patricia Schröder
**Hexgirls auf
Klassenfahrt (Bd. 2)**
ISBN 978-3-7817-1881-4

Patricia Schröder
**Hexgirls – Zauberhafte
Freundinnen (Bd. 3)**
ISBN 978-3-7817-1882-1

Als die Zwillinge Mira und Lucy feststellen, dass sie zaubern können, ist das zwar unheimlich, aber vor allem aufregend und lustig! Bald stellt sich heraus, dass auch ihre Freundinnen Charlie, Jojo und Fee über magische Kräfte verfügen. Und von nun an stolpern die Mädchen von einem Abenteuer ins nächste!

Auch auf CD bei Oetinger audio. Weitere Informationen unter:
www.erika-klopp.de und *www.oetinger-audio.de*

Bei Emma geht's drunter und drüber!

Maja von Vogel
Alle lieben Emma
ISBN 978-3-7817-2224-8

Maja von Vogel
Emma traut sich was
ISBN 978-3-7817-2226-2

Maja von Vogel
Für alle Fälle Emma
ISBN 978-3-7817-2227-9

Emma kommt einfach nicht zur Ruhe, seit eine Freundin ihrer Mutter – samt Tochter Mona – bei ihnen eingezogen ist. Dabei möchte Emma am liebsten nur von Bastian träumen! Aber mit dem gibt's auch bald Zoff – und das ist noch nicht alles. Vielleicht ist Monas Rat, bei allen Problemen die Sterne zu befragen, gar nicht so schlecht?

Auch auf CD bei Oetinger audio. Weitere Informationen unter:
www.erika-klopp.de und ***www.oetinger-audio.de***

Bandenspaß –
Wir sind die Klapperschlangen!

Angie Westhoff
**Die Klapperschlangen
Rache rot wie Erdbeermarmelade**
ISBN 978-3-7817-2324-5

Angie Westhoff
**Die Klapperschlangen
Jungs sind wie Fliegenpilze**
ISBN 978-3-7817-2325-2

Angie Westhoff
**Die Klapperschlangen
Klassenfahrt und rosarote Katastrophen**
ISBN 978-3-7817-2334-4

Gleich an ihrem ersten Schultag verdirbt es sich Jacky mit Sven, dem Anführer der Jungenbande „Die Rote Sieben". Wie gut, dass sie sich mit Kalliope, Nixe, Sarah und Pauline anfreundet. Die fünf gründen ihre eigene Bande, die „Klapperschlangen", und machen von nun an den Jungs das Leben zur Hölle.

Weitere Informationen unter: *www.erika-klopp.de*